LES FONTAINES
DU CIEL

Flammes sur Titan (traduit en portugais).
Tempête sur Goxxi.
Le voleur de rêves.
Plus loin qu'Orion.
Les cosmatelots de Lupus.
Et la comète passa.
Un astronef nommé Péril.
Un de la Galaxie.
Moissons du futur.
La planète aux chimères.
Quand le ciel s'embrase.
Les pêcheurs d'étoiles.
L'empereur de métal.
Robinson du Néant.
S.O.S. Ici nulle part !
L'étoile du silence.
La jungle de fer.
Vertige cosmique.
L'iceberg rouge.
L'espace d'un éclair.
Les Sub-Terrestres.
Où finissent les étoiles ?
Maelström de Kjor.
Il est minuit à l'univers.
La lumière d'ombre.
Astres enchaînés.
Les Incréés.
Miroirs d'univers.
Cap sur la Terre.
Les diablesses de Qiwâm.
La tour des nuages.
Mortels horizons.

Dans la collection « Angoisse » :

Crucifie le hibou.
Batelier de la nuit (traduit en espagnol).
Le marchand de cauchemars.
Créature des ténèbres.
Chantespectre.
L'ombre du vampire.
Mandragore (traduit en italien).
Luciféra.
Le miroir.

La prison de chair.
Le manchot (traduit en allemand et en flamand).
Le moulin des damnés.
La mygale (traduit en allemand).
Moi, vampire (traduit en espagnol, allemand, flamand et néerlandais).
Les jardins de la nuit (traduit en néerlandais).
La Maléficio (traduit en néerlandais).
Ici, le bourreau.
L'aquarium de sang (traduit en allemand).
En lettres de feu.
Amazone de la mort (traduit en allemand).
Méphista.
Méphista contre Méphista.
Méphista et le clown écarlate.
Méphista et la lanterne des morts.
Méphista et la croix sanglante.
Danse macabre pour Méphista.
Méphista et la mort caressante (traduit en allemand).
Méphista et le chasseur maudit.
Méphista et le guignol noir.
Méphista belle à faire peur.
Méphista contre l'homme de feu.
Ton sang, Méphista !
Méphista et le chien Hurlamor.

Dans la collection « Grands Romans » :

Par le fer et la magie (traduit en tchèque).
Le carnaval de Satan (traduit en néerlandais).

MAURICE LIMAT

LES FONTAINES DU CIEL

ROMAN

COLLECTION « ANTICIPATION »

EDITIONS FLEUVE NOIR
69, boulevard Saint-Marcel - PARIS-XIII°

© 1978 EDITIONS « FLEUVE NOIR », PARIS.

Reproduction et traduction, même partielles, interdites. Tous droits réservés pour tous pays, y compris l'U.R.S.S. et les pays scandinaves.

ISBN 2-265-00686-6

PREMIÈRE PARTIE

LES OISEAUX DE SOLEIL

CHAPITRE PREMIER

L'astronavigateur Ansen n'en croyait pas ses yeux. Le phénomène lui semblait à tel point extravagant que ce rouage important de la direction du vaisseau spatial commençait à se poser des questions, sinon sur son état mental, du moins en ce qui concernait ses facultés visuelles.

Et pourtant les écrans de visée, oculaire ou indirecte par sidéroradar, étaient formels.

L'astronavigateur hésita.

S'en référer au chef timonier ? A son coéquipier ? L'un et l'autre étaient bien capables d'en faire des gorges chaudes.

S'adresser directement au commandant de

bord, à ce vieux marsouin des étoiles, comme on appelait Martinbras ? Le maître du *Fulgurant* avait si mauvais caractère qu'il eût été capable de rabrouer vertement son astronavigateur, avant de consentir à vérifier lui-même.

Ansen pensa : « Ou je vois trouble... ou j'ai le mal de l'espace... »

La solution lui apparut plus simple : n'y avait-il pas, à bord, un spatio-psychologue particulièrement qualifié ? Un homme fort, de grand bon sens, profondément humain ?

Un homme, aussi, qui faisait forte impression sur l'astronavigateur Ansen.

Lequel Ansen appela par interphone :

— Bruno..., est-ce que je peux vous voir ?... Tout de suite... C'est urgent !

— Venez, Giovanna. Mais je vous préviens, vous aurez une surprise en entrant... ne vous affolez pas !

Giovanna Ansen, en dépit de son sexe, était un spécialiste patenté de l'observation céleste. Ce n'était pas tout à fait son premier voyage et elle avait souvent fait ses preuves.

Déjà troublée par ce qu'elle avait découvert, ou cru découvrir, elle se demanda ce qui l'attendait encore en se rendant chez Bruno Coqdor, l'officier chargé des études ethniques et des contacts avec les humanoïdes connus ou inconnus susceptibles d'être rencontrés au cours des voyages galactiques et intergalactiques.

Le *Fulgurant* filait quelque part dans la constellation du Lion, et l'horizon céleste était dominé par Denébola, phare géant situé approximativement aux confins de ce monde, à l'opposé de l'éblouissant Régulus.

Mais dans l'immensité on avait situé un point précis, un de ces mystérieux objets célestes d'où jaillissent, à intervalles rigoureusement réguliers, de véritables émissions luminiques que la technique parvenait à convertir sur le plan sonore. Un pulsar.

Et ce pulsar, réputé immuable depuis des temps et des temps, sans doute depuis bien avant que l'intelligence humaine fût en état de l'observer, posait des problèmes à l'astronavigateur Giovanna Ansen.

Elle quitta donc son poste, sans enfreindre aucunement le règlement puisque Klaus Cox, son coéquipier, poursuivait ses fonctions, toutefois sans s'être encore aperçu de l'anomalie qui troublait Giovanna.

La jeune fille, en se rendant au bar-relax où l'attendait celui qu'on appelait fréquemment le chevalier de la Terre (eu égard autant à son grade dans la hiérarchie qu'en vertu de son caractère), se demandait quelle nouvelle surprise lui était réservée.

Quand elle pénétra dans ce vaste compartiment prévu pour la détente de l'équipage et où était installée une petite piscine, elle éprouva en effet un choc.

Une lumière étrange emplissait le bar-relax et l'eau du bassin prenait des tons merveilleux, irisée par des ondes photoniques chatoyantes.

Coqdor était là. Et deux des aspirants du bord, Jonson et Aligro. Et aussi une sorte de monstre au mufle de dogue, aux grands yeux d'or, dont le corps fauve s'enveloppait d'ailes de chauve-souris, Râx, démon familier du chevalier Coqdor.

Mais ce n'était pas cela qui stupéfiait Giovanna et qui la clouait sur place, encore que Coqdor eût pris la précaution de la prévenir.

Le barman lui-même, le cosmatelot Perez, qui cumulait ces fonctions avec celles de maître coq, paraissait figé derrière son comptoir. Et Coqdor, penché sur une petite table, manipulait un objet minuscule que Giovanna ne pouvait définir. Près de lui, les deux aspirants suivaient son manège, comme fascinés.

Giovanna regardait de tous ses yeux.

Une forme immense, impérieuse, d'une éclatante beauté, emplissait le compartiment.

Une forme aux coloris éblouissants. Une idole gigantesque dont le sommet atteignait le plafond, cependant élevé de plusieurs mètres. Un oiseau ? Peut-être. Mais un de ces oiseaux de rêve, un de ces êtres de féerie nés dans l'imagination des poètes de toutes les galaxies. L'oiseau de feu des Slavo-Terriens, l'oiseau miracle des légendes d'Andromède, l'oiseau démiurge de ceux qui adorent l'œuf éternel dans les planètes du Bélier.

Des ailes immenses s'étendaient, si vastes qu'elles dépassaient les parois et se perdaient au-delà, mutilant curieusement la créature ainsi apparue. Aigle démentiel, paradis fantastique, astrapie de délire ou hyper-colibri opiacé, l'oiseau divin n'était en fait qu'illusoire. C'était une représentation en reliefcolor, aux dimensions telles qu'elles excédaient le volume de la salle et cette vision — car c'en était une — irradiait d'elle-même, ruisselant de feux inconnus en une gamme ignorée.

La jeune fille, subjuguée, admirait, oubliant déjà le fait qui l'avait incitée à venir consulter Bruno Coqdor.

Râx, blotti aux pieds de son maître, la tête à l'envers selon son habitude, n'en regardait pas moins venir Giovanna, et il la salua d'un très doux sifflement, ce qui était, de sa part, une marque de haute sympathie.

Jonson et Aligro, jeunes et dynamiques tous les deux, étaient, en revanche, tellement absorbés par l'apparition de l'oiseau fantastique, qu'ils en négligèrent, contre leur habitude, d'arrêter leurs regards sur la silhouette alléchante de l'astronavigateur, dont la tenue de bord souple et bien ajustée soulignait l'élégance quelque peu génératrice de voluptueuses pensées.

Ce fut sans doute l'intervention de Râx qui fit lever la tête au chevalier.

Ses yeux verts de médium brillèrent en voyant Giovanna et il lui fit un geste d'accueil.

— Approchez, belle enfant. Et dites-nous ce que vous pensez de cette splendeur !

Giovanna obéit. C'est-à-dire que pour rejoindre le groupe des trois hommes et le pstôr, le dogue-chiroptère, elle s'enfonça dans la masse même de l'oiseau idole, uniquement de nature ondio-luminique et dont les rutilances, les tons adamantins, les reflets de gemmes ruisselèrent sur son aimable anatomie.

Ils la regardaient maintenant. Elle venait

vers eux, iridescente de toute cette magie de lumière, caressée par une débauche de couleurs qui semblaient vivantes et la déifiaient visuellement, comme un hommage à sa féminité.

Si les aspirants, repris par les sens, se sentaient à présent la gorge un peu sèche et la chair frémissante en découvrant l'unique femme du bord soudain sertie d'un tel support, Coqdor, lui, se mit à rire.

— Ma parole, Giovanna ! Ce chatoiement vous va fort bien, mais vous semblez vraiment surprise... J'avoue qu'il y a de quoi !

Râx s'étira, siffla doucement, tendit son mufle vers Giovanna qui, sortant un peu de sa stupéfaction, le gratifiait d'une caresse furtive.

— Bruno..., mais... qu'est-ce que c'est donc ?

— Regardez.

Elle se pencha sur la table. Elle ne vit qu'une sorte de caillou brillant, analogue à du gypse, mais avec des tons plus contrastés. Médiocrement important, ce petit fragment minéral eût tenu dans le creux de la main.

— Et c'est cela qui engendre... ?

— Cette merveilleuse vision ? Oui. Vous l'avez compris. Ah ! Giovanna, je ne savais pas, quand une inconnue m'a remis cela à notre dernière escale, sur Léo IX, qu'il s'agissait d'une pierre miracle. Vous l'ai-je dit ? Une jeune femme s'est jetée au-devant de moi et m'a dit, avec un accent indéfinissable : « Chevalier Coqdor, prenez cela... Quand vous comprendrez, vous pourrez venir en aide à ceux d'Inab'dari... » Et elle a disparu si vite... J'avais ce caillou en main... Je ne savais pas grand-chose sur Inab'dari, sinon qu'il s'agit d'une planète tournant autour de l'étoile Léo-Epsilon... Je me suis renseigné... Une légende court, parlant d'une race d'oiseaux dieux protecteurs de ce monde... Mais c'est vague, très vague... Et puis, tournant et retournant le caillou, j'ai fini par observer qu'il émettait des lueurs... Mieux... je ne dirais pas des sons, mais... c'était comme une émission, une émission ressentie intérieurement...

— Comme télépathique ?

— A peu près cela, Giovanna. Je travaille ferme... Finalement, je ne sais trop comment cela s'est produit... mais l'irradiation a été soudain totale et... vous voyez le résultat !

— Giovanna n'en revient pas, dit Aligro en riant de toutes ses dents, attestant avec son visage bronzé et ses yeux de diamant noir son origine de Terro-Méditerranéen.

Le blond Jonson, toujours enclin à tenter d'attirer vers lui l'attention de Giovanna, s'empressa d'intervenir :

— Je suis sûr qu'elle saura en faire son profit ! Un tel bijou serait digne de sa beauté !

Aligro ricana à ce compliment un peu tiré par les cheveux. Giovanna n'entendait guère les réflexions des deux garçons. Elle s'était approchée de Coqdor et il lui avait placé la pierre dans la main.

Un caillou ! Un joli caillou jaspé, en fer de lance. Mais l'irradiation était surprenante et Giovanna avait l'impression, non du froid minéral, mais bien de quelque chose de sensible, de vivant...

Depuis que le chevalier avait donné la gemme à la jeune fille, la vision avait brusquement disparu.

Il lui expliqua alors que le phénomène commençait à lui être familier. Les images de l'oiseau miraculeux n'apparaissaient en effet que lorsque la pierre était placée sous certains angles, avec une luminosité convenable. Pour y parvenir, il devait encore tâtonner.

Cependant, il commença à expliquer qu'il avait surtout remarqué un fait des plus troublants. Et, cette fois, sans plus songer à rire, Aligro et Jonson confirmèrent, en ayant fait l'expérience un instant avant l'arrivée de la jeune astronavigatrice :

— L'oiseau, uniquement photonique, apparaissant en relief avec ses gigantesques dimensions, est évidemment en apparence une idole holographique. Seulement, il y a autre chose. Plongés un instant dans son aura, on commence à ressentir, ainsi que je vous le disais tout à l'heure, un appel interne... comme s'il s'agissait réellement d'une pensée...

Giovanna ouvrait de grands yeux. Elle n'avait fait que traverser l'image en relief et n'avait pu éprouver cette sensation.

Cependant, la curiosité la démangeait. Elle était de formation et d'esprit scientifique. Et puis, elle était femme.

— Puisque vous avez... en quelque sorte entendu... n'avez-vous pas tenté le dialogue ?

Coqdor sourit. Il allait répondre lorsqu'un appel vibra dans les interphones.

Le cosmatelot barman brancha immédiatement et la voix violente du commandant Martinbras éclata :

— Coqdor ? Vous êtes là ? Et tout le monde chez moi dans une minute !

Déjà il avait coupé la communication. Giovanna s'empressa de rejoindre le poste de pilotage tandis que les trois officiers, délaissant provisoirement l'étude de l'oiseau né de la pierre, se hâtaient vers le carré du maître du bord.

Le vieux cosmatelot avait déjà autour de lui les autres membres de son état-major. Il montrait, sur une carte luminescente, une portion céleste correspondant au monde du Lion où évoluait son navire.

— C'est là... Un satellite de l'étoile Epsilon. Non pas Léo IX où nous avons relâché, mais beaucoup plus loin, orientation Régulus-Est-Est.

Coqdor ne put s'interdire de s'exclamer :

— Mais... n'est-ce pas la planète Inab'dari dont vous parlez, commandant ?

— Ouais... Vous êtes déjà au courant, vieux sorcier de tous les diables de la Galaxie ?

Coqdor ne fit que rire de ce type d'invectives dont il avait l'habitude.

— Maître Martinbras, il se trouve justement que j'ai eu, ces dernières heures, à étudier la position d'un pareil astre... Et de quoi s'agit-il donc ?

— Eh bien, puisque vous êtes pareillement

renseigné, pouvez-vous me dire aussi ce qui peut menacer cette petite planète ?

— Elle est menacée ?

— Dites qu'elle envoie un « S.O.S. constellation », sinon galactique. Tout un peuple appelle au secours...

— Feu du ciel ! Et si je vous suis bien, on ignore de quoi il peut s'agir ?

— Exactement ! Nous avons capté leurs messages, fort parasités d'ailleurs, et très indistincts. Ils appellent les autres mondes du Lion. Qui ne sont pas légion, vous le savez, six planètes en tout. Fort peu civilisées d'ailleurs, et qui ne connaissent la navigation interplanétaire qu'en vertu de l'apport des autochtones de la Vierge, qui les ont visitées avant nous. Ainsi donc, la flotte léonienne est des plus réduites. Ils peuvent à la rigueur compter sur deux ou trois astronefs, et encore, pas avant plusieurs tours-cadrans...

— Si bien, dit posément le chevalier de la Terre, que le devoir le plus élémentaire nous commande, à nous humanoïdes, d'aller au secours de nos frères de ce monde d'Inab'dari...

Martinbras le regarda, avec son air le plus renfrogné.

— Sacré boy-scout des galaxies ! Il n'a pas encore accompli sa B.A., aujourd'hui... Et pour cela, il veut que je risque mon navire... avec tous ceux qu'il porte. Rien que ça ! Mais j'ai une mission à accomplir, monsieur Coqdor ! Je suis responsable de plus de cent existences, monsieur Coqdor ! Vous le savez ?

— Je le sais, commandant Martinbras... com-

me je sais que vous êtes incapable de vous défi-
ler devant votre devoir d'homme des étoiles !

Martinbras lui jeta un regard noir.

Il y eut un instant de silence. Les officiers
de l'espace attendaient la décision du maître
après Dieu.

Martinbras réfléchissait, sous l'œil vert, incroyablement vif et un peu amusé de Bruno
Coqdor.

— Si encore, grogna-t-il, j'étais renseigné sur
cet Inep... Inib...

— Inab'dari, souffla Jonson.

— Au diable ces noms à coucher dans le
vide ! Je veux des précisions avant de lancer
mon navire dans je ne sais quel guêpier !

— Des précisions ? Des renseignements ?
Nous pouvons demander à Léo IX, s'empressa
de faire remarquer le lieutenant Xavier, qui
commandait en second.

— Excellente initiative ! Faites le nécessaire !

Xavier salua et par interphone donna ses
instructions à la cabine radio.

Mais Coqdor, comme soudain frappé d'une
idée, parlait à son tour :

— Si vous permettez, commandant, je vais,
moi aussi, aux renseignements...

— Vous avez une source d'informations ?

— Peut-être. Laissez-moi une heure.

Bruno s'empressa de retourner au bar-relax.

— Perez ! Tu me sers de quoi me rafraîchir...
J'ai à travailler !

Il avait repris la pierre mystérieuse. Il utilisait un petit spot pour l'irradier, provoquer la réapparition de l'image.

Et lorsque l'immense oiseau de lumière eut de nouveau envahi la salle de relax, le chevalier de la Terre, profondément concentré, usant de toute la médiumnité dont il était capable, tenta ce qu'avait suggéré Giovanna Ansen, le dialogue avec l'énigmatique entité.

CHAPITRE II

Deux bonshommes lourdauds, disgracieux dans des scaphandres d'escale prévus pour toucher un monde encore mal connu.

Deux cosmonautes en tenue sortant d'un engin analogue à la classique soucoupe volante.

Spectacle vu et revu cent et mille et cent mille fois lors de l'arrivée d'aventuriers de l'espace débarquant sur un monde neuf pour eux.

Ils étaient seulement deux. Ils avaient tout d'abord sondé l'atmosphère et avaient eu la satisfaction de la trouver convenablement philohumaine. Maintenant, ils se risquaient. L'un d'eux progressait le premier et, en dépit de la gaucherie pesante inhérente à leurs écrasantes tenues, on eût pu constater qu'il paraissait avoir souci en quelque sorte d'ouvrir la route, de tâter le terrain (à tous les sens du mot) afin d'éviter à son compagnon les écueils, les pièges, les embûches...

Si cette scène était assez banale en soi, le paysage ne l'était pas.

Une aire assez étendue, située sur un vaste plateau. Alentour des monts médiocrement élevés, mais d'une rare beauté, paraissant façonnés d'un magma de lapis-lazuli, strié çà et là de filons à fleur de roc, étincelant sous un astre assez proche qui répandait une chaleur vive.

Au-delà, des ravins, une pente très allongée aboutissait à un pays de plaines que piquetaient des lacs, où serpentaient des rivières. Une végétation bleue croissait dans ce domaine fortement irrigué, si la région où l'engin spatial avait touché le sol demeurait aride, quoique très fascinante, les cosmonautes marchant sur des cailloux marmoréens, sur une terre bizarrement indigo où scintillaient des parcelles d'un minerai inconnu.

Le premier fit un geste et tous deux s'immobilisèrent.

Alors ils s'aidèrent à se débarrasser d'abord des casques, ensuite des scaphandres. Petit à petit, apparut le premier, un grand gars mince mais musclé, suivi d'une jeune femme, une très jeune femme, menue, de petite taille, mais incontestablement souple et nerveuse.

Ils se sourirent. L'astre dardait, et l'air était brûlant. Un vent assez fort soufflait sur les montagnes bleues et une poussière faite de ces myriades d'éléments brillants venait piqueter leurs visages, leurs yeux.

Mais ils s'étaient pris les mains, après s'être regardés un instant. Et puis ils s'étreignirent vec fougue et demeurèrent un instant enlacés.

Puis l'homme se dégagea, avec un bon sourire qui contrastait avec l'émotion qui, malgré tout, transgressait sur ses traits.

— Arimaïla..., tu es heureuse ?

Elle leva vers lui de beaux yeux verts, un peu en amande (comme ceux de l'homme d'ailleurs, ce qui devait être un signe de leur race). De beaux yeux verts embués de larmes.

— Nous sommes arrivés, Knet'ag !... Je n'ose y croire !

Il la berça un instant.

— Nous avons franchi un grand pas, accompli la première étape de notre mission. Mais, fille chérie, tu sais que le plus fort reste à faire... Nous avons atteint la planète inconnue, ce satellite perdu, ce monde réputé hostile et périlleux... Il n'en est pas moins vrai que nous sommes ici égarés, et que nous ne savons absolument pas en quel point se trouve le gisement de xtaïx...

— Mais la carte, Knet'ag... Le plan... Nous le possédons !

— Certes. Pourtant, il est en bien mauvais état... Nous avons — en principe — abordé l'inconnue dans la région où se trouve approximativement le champ où le sol recèle les pierres magiques... Mais...

— Oh ! nous avons pu enfin arriver jusqu'ici... et tu es sceptique ?

Knet'ag prit une fois encore Arimaïla par les épaules. Mais au lieu de l'attirer contre lui, geste naturel du mâle, il se contenta de se camper devant elle et la regarda bien en face.

— Petit cosmonaute de mon cœur ! Adorable

fille d'Inab'dari... Tu as été l'initiatrice de cette aventure et la volontaire pour m'accompagner à la quête des gemmes fantastiques... Tu n'as pas reculé devant les dangers d'un tel voyage, réputé dément par la plupart de nos techniciens... Mais Inab'dari est en péril et tu as écouté ton courage, tu t'es lancée dans l'infini... avec ce pirate de l'espace que je suis !

Elle se mit à rire.

— Tu es encore un bien jeune pirate, tu sais ? Et puis, avec ton passé tumultueux d'aventurier, tu étais plus qualifié que n'importe qui pour partir sur un petit engin, dérouter la flotte des Mathématiques, et piquer jusqu'à ce satellite à peu près inconnu où la tradition assure que se trouve le seul élément de salut pour Inab'dari...

Knet'ag parut rêver.

Inab'dari était en péril. Leur planète d'origine, menacée, encerclée par la flotte de la mystérieuse race mathématique, risquait d'autant plus de périr, ou de se voir conquise, colonisée, asservie, que le Grand Cœur Cosmique paraissait soudain avoir été blessé à mort.

Plusieurs cosmonautes avaient tenté de s'échapper, de lutter, d'aller chercher du secours. Mais la flotte était plus que réduite. Un astronef anéanti dans l'espace, deux autres détruits au terrain.

Il ne restait que quelques petits engins. Les seuls techniciens étaient neutralisés et ceux d'Inab'dari ne pouvaient plus lutter qu'à partir du sol.

Alors on avait songé à Knet'ag.

Jeune écervelé, il avait fait partie d'un équipage d'astronef, un des rares issus de cette planète, qui s'était mutiné et avait tenté des actes de piraterie. La majorité de ces révoltés, capturés au cours d'une escale imprudente, avaient été exécutés. Seul, Knet'ag, eu égard à sa jeunesse et à une brillante conduite passée, avait été condamné à la détention perpétuelle.

Et puis il y avait eu le drame : les astronomes, terrorisés, annonçaient que le Grand Cœur Cosmique, considéré comme le flambeau divin veillant sur Inab'dari, donnait des signes inquiétants, comme s'il allait s'éteindre.

Parallèlement, les Mathématiques, les pires ennemis des hommes dans toute la constellation du Lion, faisaient leur apparition.

Malgré la science (venue de la Vierge et des mondes Sol III et Centaurien), malgré la technique, Inab'dari continuait à avoir foi dans le Grand Cœur.

Or, une prophétie sibylline assurait que le sort de la planète était lié à celui du Grand Cœur. D'autre part, on disait aussi que sur le satellite le plus éloigné, monde d'aspect féerique mais meurtrier, se trouvaient les gemmes magiques capables de sauver Inab'dari en cas de détresse absolue.

Légende ? Les plus hautes autorités se devaient d'être réalistes. Mais la situation était grave, on connaissait la réputation des Mathématiques.

Et puis certains savants possédaient au moins un exemplaire des pierres magiques. Un fragment minéral qui avait été minutieusement observé et offrait de surprenants résultats.

Or ce caillou connu avait disparu mystérieusement dérobé.

Aller en conquérir quelques-uns sur la planète sans nom ? C'eût été possible si on avait encore eu un équipage d'astronautes, seulement les seuls cosmatelots d'Inab'dari avaient été les premières victimes de l'attaque des Mathématiques.

Une jeune femme s'était présentée : Arimaïla, une aspirante à la conquête de l'espace, qui n'était d'ailleurs qu'une élève et dont la science en matière astronautique était, c'était le moins qu'on puisse en dire, encore à l'état embryonnaire.

Arimaïla avait fait aux autorités de sa planète une proposition surprenante : elle se chargeait, en utilisant un des derniers petits canots encore intacts, de se diriger vers l'astre mystérieux où la tradition situait le gisement des gemmes fantastiques, et d'en ramener quelques-uns.

On lui avait immédiatement objecté son inexpérience. Mais Arimaïla avait tout prévu.

Pas question d'attendre les secours, d'ailleurs assez hypothétiques, demandés par sidéroradio à Léo IX, la première planète avec laquelle on avait entretenu des relations par voie spatiale. En attendant un astronef de secours qui risquait tout bonnement d'être détruit ou au moins capturé par les Mathématiques qui dressaient leurs pièges autour d'Inab'dari, elle rappela qu'il existait encore, après l'anéantissement des équipes de spécialistes, un authentique cosmonaute. Il vivait. Il vivait en prison. Knet'ag.

Alors, comme la situation était critique, comme un assaut des Mathématiques risquait de se produire, comme le moyen, si empirique qu'il pût paraître, présentait peut-être une dernière chance, on avait obtempéré au désir d'Arimaïla.

Si bien qu'eux deux, et eux deux seuls, sur un miniastronef, s'étaient envolés d'Inab'dari. On pensait ne jamais les revoir et, naturellement, ils ne devaient pas envoyer de message radio, ce qui les eût immédiatement signalés aux Mathématiques.

Pourtant, ils avaient réussi au moins la première manche. Leur soucoupe, très petite, prévue seulement pour quatre passagers, avait franchi les lignes des vaisseaux mathématiques, parcouru une distance considérable dans les gouffres interastres, atteint enfin le satellite inconnu.

Maintenant, il importait de trouver le gisement des gemmes, puis de les ramener sur Inab'dari. Comme le disait si justement Knet'ag, le plus dur, le plus compliqué restait à faire.

Il avait beaucoup réfléchi en prison et il avait accepté d'enthousiasme cette mission. Que risquait-il ? Au lieu de croupir dans une stagnation abominable, il avait là l'occasion de se racheter, de travailler pour sa planète patrie.

Il s'était bien trouvé quelques esprits sceptiques qui avaient susurré qu'un tel forban en profiterait pour s'enfuir à jamais vers quelque autre monde. Que de toute façon l'entreprise était vouée à l'échec, les astronefs mathématiques devant promptement en finir avec ce petit navire téméraire et son équipage, que, par surcroît, l'histoire des gemmes magiques relevait de l'infantilisme et qu'on ne sauverait pas une planète avec des cailloux, et qu'il était ridicule de confier le salut d'un monde à un individu qui s'était mis au ban de la société.

Mais, sur Inab'dari, une pensée dominait : les convulsions douloureuses du Grand Cœur attestaient de graves événements. Et, parallèlement, il y avait eu l'invasion des Mathématiques. Si bien que les plus sceptiques avaient été ébranlés.

Arimaïla pensait à tout cela.

Des nuages roulaient, occultant parfois l'astre étincelant qui était Epsilon du Lion.

La jeune femme les contemplait. Ils étaient curieusement jaspés, les verts et les jaunes dominant. Mais des tons bleus apparaissaient parfois, se mêlant à la tonalité générale qui semblait être celle de la planète.

Un bien beau décor, mais qu'Arimaïla ne pouvait s'interdire de trouver inquiétant. Etait-ce en raison de la mauvaise réputation de cette planète inconnue, à peine explorée, et dont ceux du monde du Lion se défiaient tellement qu'ils avaient toujours refusé de lui donner un nom ? Ou bien parce que, songeant à son univers menacé, elle se disait que ce voyage était insensé autant qu'inutile, et que les fameuses gemmes ne seraient sans doute pas d'une grande utilité face aux forces spatiales venues du monde des Mathématiques ?

Ces nuages l'impressionnaient. Ils ne semblaient pas constitués de vapeurs colorées, s'effilochant sans cesse comme toutes les nébulosités naturelles. Tout au contraire, ils formaient des magmas compacts, évoluant certes capricieusement, mais semblant toujours garder leur masse initiale. Et la fille d'Inab'dari croyait voir des créatures vivantes, immenses, redoutables, qui roulaient étrangement au-dessus de ce sol à la fois magnifique et désolé.

Un peu plus loin, Knet'ag s'affairait.

Il manipulait une boussole universelle, invention, comme tout ce qu'utilisait la technique d'Inab'dari et du Lion en général, du monde de la Vierge. Les Virgoniens, humanité très évoluée, avaient été les premiers à construire des vaisseaux pour parcourir l'univers et avaient dès longtemps pris contact avec l'univers de Sol III, du Centaure, de vingt autres constellations.

Ladite boussole permettait de faire le point et de s'orienter sur n'importe quel astre, indiquant les formations géologiques, l'hydrographie, sans préjudice de subtiles indications concernant la faune et la flore.

En fait, sur Inab'dari, on ne savait pratiquement rien du satellite, qui se trouvait être le plus proche du soleil tutélaire, et dont la réputation était exécrable, on ne savait exactement trop pourquoi, la planète étant parfaitement de type terramorphe, donc philohumaine.

Il y avait bien ce très vieux document, établi

par l'équipage d'un ancestral astronef virgonien, venu échouer sur Inab'dari. Il y était
question non seulement du satellite maudit,
mais encore et surtout des pierres fantastiques
et de leurs incroyables effets.

Il fallait vraiment que la situation fût désespérée pour qu'on eût accédé au plan parfaitement irrationnel d'Arimaïla. On avait tenté la
dernière chance, expédiant un des rares canots
spatiaux existant avec pour équipage une élève
cosmonaute parfaitement inexpérimentée (tous
les autres aspirants ayant fait partie de la petite
escadre détruite par les Mathématiques) en
compagnie d'un détenu de droit commun, expert lui en astronautique c'était incontestable,
mais sur lequel pesait l'emprise d'un passé de
flibustier spatial.

Arimaïla soupira.

Son camarade paraissait sincère, bien résolu
à l'aider dans sa tâche. Elle avait pu admirer
sa dextérité à manier la soucoupe volante, et
avec quelle adresse il avait réussi à échapper
aux astronefs de l'ennemi.

Et ils étaient arrivés sur ce monde si mal-
famé ! Où trouver les gemmes, à présent, encore
que le planétoïde fût de petites dimensions ?
Il y avait, certes, quelques vagues coordonnées
fournies par le fameux document virgonien,
indiquant qu'on trouverait le gisement sur un
mont désertique serti d'eau. Ce qui, malgré
tout, était bien incomplet.

Elle se leva. A ce moment, elle le vit sursau-
ter, se pencher avec plus d'attention sur les
cadrans de l'engin orienteur.

Brusquement, il se mit à courir vers elle.
Tout de suite, Arimaïla constata qu'il paraissait bouleversé.

— Que se passe-t-il ?

Il haletait :

— Nous ne sommes pas seuls sur le satellite... Il y a... des êtres... On nous a traqués !
Les Mathématiques sont ici !

CHAPITRE III

Elle, c'était l'audacieuse, la téméraire élève cosmonaute qui avait pris l'initiative de la folle aventure, de la quête aux gemmes magiques, qui n'avait pas hésité à se lancer à travers l'espace.

Lui, le forban, peu scrupuleux mais physiquement courageux comme beaucoup de truands qui ne sont lâches que devant la responsabilité de la vie quotidienne.

Et pourtant, ils avaient peur.

Ils se hâtaient de courir vers leurs scaphandres, de les rafler et, sans prendre le temps de les enfiler, chargés des lourds équipements, ils filaient en direction de l'aire où s'était posé le canot spatial.

Ils ne connaissaient que trop la réputation de ceux qu'on appelait, faute de mieux, les Mathématiques, les impitoyables humanoïdes qui désolaient la constellation et sans doute les mondes voisins.

Certes, Arimaïla ne se conduisait pas comme une petite femme nerveuse, ni Knet'ag à l'instar d'un quelconque capon. Tous deux, apparemment, conservaient leur sang-froid, ne fût-ce que vis-à-vis l'un de l'autre, le voyage en commun les ayant déjà bizarrement rappro chés en dépit de leurs éthiques si différentes.

Ils savaient que si un tel ennemi les surprenait, ils étaient perdus.

Et ils estimaient aussi qu'outre leur vie ils étaient comptables de leur rôle, de ce qu'ils avaient à faire dans le but peut-être illusoire d'utiliser les pierres fantastiques pour le salut d'Inab'dari.

C'est ainsi qu'ils coururent, se dissimulant instinctivement dans les failles de rocs, utilisant les cheminements naturels formés par les crevasses du sol.

On ne distinguait rien, mais la boussole s'affolait de plus en plus et l'ancien pirate était mal à l'aise. Il aidait de son mieux sa compagne à avancer en dépit du poids constitué par l'équipement. Elle, bien qu'en nage, les pieds et les mains ensanglantés par le contact renouvelé de ce sol aussi magnifique que cruel, ne se plaignait pas et trouvait encore la force de lui sourire.

Par instants, ils traversaient des flaques solaires, où on cuisait littéralement tout vif. Et puis les nuages reparaissaient, ces nuées inquiétantes, dont la lente évolution évoquait celle de gigantesques reptiles célestes, si bien que les deux aventuriers avaient l'impression de se sentir épiés, comme d'éventuelles proies.

Ainsi, ils se rapprochaient du point d'atterrissage.

Ils firent halte, cependant. Ils perdaient du temps, évoluant non selon la ligne la plus droite, mais en tentant de dépister ceux qu'ils devinaient maintenant tout proches. Knet'ag stoppa soudain.

— Nous n'avons pas un instant... Passe ta ceinture...

La ceinture, généralement véritable arsenal du cosmonaute, était garnie de surcroît d'un système anti-grav, permettant les évolutions aériennes, Arimaïla avait pris l'habitude de faire totalement confiance à Knet'ag lequel, en dépit de son jeune âge, avait une grande expérience des choses spatiales.

Ils ne s'attardèrent donc pas à se rhabiller, ce qui eût été trop long, mais se contentèrent de se munir de l'appareil sustentateur.

Knet'ag ne cessait pratiquement pas d'observer les indications de la boussole.

— Ils se rapprochent... Ils...

Elle le sentit hésiter, saisi d'une brusque angoisse.

— Knet'ag...

— On nous coupe la route de notre astro...

Ils ne voyaient toujours rien. Il n'y avait que ce sol d'un joli bleu chatoyant, ces roches de turquoise, ces aiguilles de saphir, et ce ciel où l'azur flamboyant était par instants masqué par les monstrueuses nébulosités.

Mais les Mathématiques approchaient. Avec leur froideur trop bien connue de calculateurs impassibles. Des êtres d'une nature encore inconnue (même au cours des conflits, il avait toujours été impossible de s'emparer d'un seul d'entre eux). Mais des créatures qui avaient un sens prodigieux de la tactique, des logiciens effrayants, des entités d'apparence humaine, certainement relevant d'un genre ignoré échappant au pauvre raisonnement des simples mortels. Car il semblait qu'ils ne fassent jamais d'erreur et que leurs entreprises, jusque-là toujours dirigées contre telle ou telle planète, réussissaient immanquablement tant les moindres détails étaient calculés, le plus petit fait rigoureusement prévu et par là exploité à l'avance.

Knet'ag sentait son cœur atrocement serré. Si les Mathématiques avaient décidé de s'emparer des deux cosmonautes, d'interrompre la quête aux gemmes salvatrices, ils y parviendraient, et Knet'ag comme Arimaïla tomberaient entre leurs mains sans faiblesse.

Pourtant, l'homme a cette faculté d'espérer dans le désespoir, de lutter face à l'adversaire le plus titanesque.

— Il faut essayer l'envol !... D'accord ?

Elle fit oui de la tête et déclencha sa propre coupure de gravitation...

Aussitôt, elle quitta le sol et commença à monter lentement. Mais elle était inexpérimentée, elle flottait lamentablement, elle chavirait dans le vide. Knet'ag lui, beaucoup mieux rompu à ce genre de sport, se soutenait déjà parfaitement en équilibre. Ils avaient sacrifié les scaphandres, quitte à les retrouver plus tard.

Il se rapprocha d'elle et, à dix mètres au-dessus du sol, il réussit à la saisir par le bras, à la remettre d'aplomb, lui prodiguant les conseils nécessaires :

— Etends les bras latéralement... là... Tu vas te stabiliser, mais quand tu te penches en avant, fais-le doucement... C'est bien ça !... Courbe-toi doucement... Et maintenant bats des jambes, comme si tu nageais... Non ! Trop brusque ton mouvement, tu vas encore chavirer...

Le moment n'était peut-être pas très bien choisi pour une leçon de vol, mais ils n'avaient pas le choix.

Tout en guidant son élève, Knet'ag ne cessait de surveiller le sol. On continuait à ne voir que le plateau serti de ces collines qui paraissaient constituées d'une porcelaine fine, quasi transparente, ruisselant de toute la gamme des bleus, des azurs, des indigos, et les nuées étranges qui poursuivaient leur danse lente, interminable, éveillaient des tons jaspés sur les flancs des monts, dans l'abîme des ravins et des crevasses, selon la rencontre avec l'éblouissement des rayons solaires.

Ils étaient maintenant à une vingtaine de mètres, lorsqu'ils aperçurent enfin l'ennemi.

Des êtres en tenue argentée, étincelant sous les flèches de l'astre. Ils avançaient d'un pas régulier, contournant les obstacles du terrain, évitant les fondrières et les lézardes avec une rigueur effarante. Le mouvement le plus infime devait être calculé car ils paraissaient ainsi invulnérables, n'offrant aucune prise aux innombrables traverses que présente pour une

créature normale le cheminement en un terrain aussi accidenté, aussi tourmenté.

Ils allaient. Et rien qu'à les voir on comprenait quelle terreur ils inspiraient partout où
ils s'étaient manifestés. On croyait ne pas pouvoir grand-chose contre des gens aussi bien
organisés et dont on disait que chaque personnage devait être doué de facultés exception-
nelles. On avait avancé l'hypothèse d'un radar
naturel qui leur permettait d'éviter la moindre
opposition et, mais cela commençait à relever
de la légende, d'échapper aux coups de l'adversaire.

De leur situation élevée, les deux cosmonautes ne pouvaient évidemment distinguer leurs
traits. Mais les silhouettes étaient, sinon harmo-
nieuses, du moins morphologiquement équili-
brées. Des gens qui, curieusement, semblaient
— à l'exception d'un seul d'entre eux — avoir
la même taille, la même corpulence, le même
rythme de marche et de mouvements.

Ils ne devaient pas être déplaisants à regarder, avec ces sortes d'armures ajustées, dont
le ton argent, brillant aux reflets de l'astre,
était assez esthétique.

Et pourtant...

Ce qui impressionnait, outre la réputation de
cette race d'exception, c'était précisément ce
côté robotique, cette allure désespérément uniforme, ce mécanisme apparent dans le geste,
dans le pas. Plus que des créatures charnelles,
ils apparaissaient telles des mécaniques et les
voir progresser ainsi créait chez l'observateur

une sorte de malaise dont il était à peu près impossible de se débarrasser.

Ils avançaient. Rien ne les arrêtait. On était allé jusqu'à prétendre que ces Mathématiques (dont on ignorait d'ailleurs le nom qu'ils se donnaient eux-mêmes) n'appartenaient pas à la race humaine. Qu'ils n'avaient rien du règne animal et qu'en réalité ils n'étaient que des androïdes, des robots envoyés on ne savait par quelle puissance pour la conquête des planètes du Lion.

Cependant, encore qu'aucun d'entre eux n'ait jamais pu être capturé, ceux qui les avaient affrontés en avaient un souvenir atroce. Pratiquement insensibles, ils subissaient les coups et les blessures avec un flegme déroutant. Quelques-uns semblaient avoir succombé au cours des combats mais leurs congénères les avaient chaque fois récupérés, morts ou mourants, si bien qu'aucun médecin, aucun anatomiste n'avait jamais pu les étudier histologiquement, à leur grand dam.

Des robots ? Non, affirmaient leurs antagonistes. Des êtres assurément de chair, mais doués d'une insensibilité sans égale. Inaccessibles également, pouvait-on croire, à la pitié et sans doute à n'importe quel sentiment honorant l'homme.

Aussi, ces beaux androïdes, charnels ou non, ravageurs impassibles, combattants dénués de faiblesse, manœuvrant comme des machines bien réglées, étaient-ils devenus, depuis quelque temps, la terreur de toute une constellation.

Ainsi était née leur histoire, naturellement quelque peu devenue folklorique, encore que leur réputation de « sans quartier » fût pleinement justifiée. Ils étaient tellement impeccables, agissaient avec une telle précision au cours des engagements, qu'il leur avait promptement été attribué cette dénomination : les Mathématiques.

Plus d'un naturel du Lion, voire d'Inab'dari, était tombé entre leurs mains. Jamais nul n'en avait eu de nouvelles et on frémissait en songeant au sort éventuel que ces êtres sans âmes pouvaient leur avoir réservé.

Et c'étaient de telles créatures qui traquaient Knet'ag et Arimaïla, qui systématiquement les cherchaient sur la planète inconnue dans le but, évidemment avéré, de leur interdire la quête des gemmes salvatrices.

Knet'ag, en dépit de son cran, voyait déjà tout perdu. Peut-être, cependant, la présence d'Arimaïla, combattante mais également femme, le stimulait-elle. Quel mâle, en effet, pour rester digne de ce nom, accepte-t-il de flancher, d'abandonner alors qu'il a une compagne à protéger, à encourager ?

Ils montaient, ils montaient, accélérant l'allure. En bas, ils voyaient très nettement les Mathématiques. Le plus petit de la bande (celui qui ne correspondait pas au gabarit unilatéral du groupe, composé d'une vingtaine d'individus) levait un bras avec netteté et désignait les deux volants qui tentaient de gagner la zone nuageuse, Knet'ag ayant en effet estimé que, pour l'instant, la meilleure échappatoire était encore le camouflage.

Il espérait vaguement, très vaguement, réussir à se perdre avec Arimaïla au sein de ces curieux nuages. Mais avec une rage contenue, il s'apercevait que le petit Mathématique les avait parfaitement repérés et les montrait sans la moindre hésitation à ses congénères.

— Viens !... Viens vite !

Arimaïla ne demandait que cela mais elle était fort maladroite dans la pratique du vol anti-grav. Il fallait donc que l'ex-pirate vînt à son secours, l'aidât sérieusement, ce qui ralentissait leur progression en hauteur.

Qu'allaient faire les Mathématiques ? Des gens aussi rigoureusement organisés, de toute évidence, devaient être outillés pour les pourchasser, fût-ce en situation aérienne. En attendant, ils les perdirent de vue car, propulsés par les sustentateurs, ils atteignaient la nuée et Knet'ag y entraînait la jeune fille.

Tout de suite, ils comprirent tous deux qu'ils pénétraient dans un domaine particulier, qui n'avait que peu de parenté avec les zones nuageuses régnant dans toutes les planètes possédant une atmosphère et une hydrographie.

Nébulosités ? Sans doute. Mais fortement compactes, encore qu'irradiant des vapeurs colorées, vertes ou jaunes comme la masse même. Des masses aux formes évoluant lentement, évoquant des présences, s'allongeant avec une mollesse enveloppante autour des deux humains volants, comme des reptiles encerclant **leurs proies.**

Tout en continuant à se maintenir en état de non-pesanteur, flottant tels de pauvres bouchons sur un océan invisible, les messagers d'Inab'dari se tenaient fortement par la main. Non seulement parce qu'Arimaïla avait besoin de la solide armature que constituait Knet'ag, mais encore parce que, instinctivement, dans un pareil milieu, les deux humains éprouvaient le besoin du réconfort d'une présence de chair et de sang.

Arimaïla râla soudain, et sa voix, ténue dans une telle ambiance, parvenait difficilement aux oreilles de son camarade.

— Tu les entends ?... Ils me parlent !...

— Tais-toi ! Tais-toi ! Tu es folle !

— Non !... Je les entends... Ils sont là... Ils me parlent, je te dis... Ah ! mais tu as raison... je sens que je vais devenir folle !...

Et lui, angoissé, croyait également entendre des voix mystérieuses. Il luttait, il tentait de faire refluer ce qu'il éprouvait comme un envahissement. Mais il prenait conscience que ces nuages, en dépit de leur bel aspect d'or et d'émeraude, n'étaient pas absolument de simples amas de condensation aqueuse. Cela vivait, cela pensait semblait-il, on ne savait s'il s'agissait d'entités isolées ou si le tout, constitué en une seule créature communautaire, régnait ainsi dans le ciel de la planète inconnue.

Et le ou les êtres-nuages se rapprochaient des volants, jusqu'à les effleurer, à les caresser, mais comme un monstre lubrique caresse sa future victime, ou plus trivialement à l'instar d'un fauve qui joue d'une proie avant de la déchirer et de s'en repaître.

Knet'ag avait froid au cœur.

Pour échapper aux Mathématiques (mais échappait-on aux Mathématiques ?) il avait tenté cette fuite vers le firmament, entraînant Arimaïla, Arimaïla à qui il devait de ne plus moisir dans les geôles d'Inab'dari et d'être rangé au rang des défenseurs de la planète patrie.

Et c'était dans un autre piège qu'il l'avait jetée. Il la voyait, les yeux agrandis par l'horreur, évoluant gauchement comme un ludion ballotté dans un bocal perturbé. Elle criait de terreur quand le nuage s'approchait d'elle. Elle évitait le contact comme elle le pouvait, essayait de se blottir contre la poitrine étroite mais solide de celui qui avait été un forban de l'espace. Seulement, elle voyait bien que ce n'était qu'un salut provisoire. La nuée vivante n'accélérait jamais son rythme. Elle laissait fuir la victime, mais revenait à la charge avec cette patience effrayante qui augurait des suites, comme si le monstre multiforme d'or et d'émeraude était trop sûr de l'issue de l'aventure pour brusquer les opérations.

Maintenant, ils étaient entourés de toutes parts. Ils ne voyaient plus ni le sol bleu aux roches de porcelaine ni le zénith où devait briller Epsilon. Partout, c'était le nuage, unique, omniprésent, total, enserrant doucement, hypocritement ceux qui croyaient fuir l'ennemi par un envol désespéré.

Et des pensées déferlaient en eux, obnubilant jusqu'à leurs consciences. Ils se sentaient

envahis, annihilés. Ils savaient qu'ils ne tarde-
raient pas à succomber, qu'ils seraient noyés,
absorbés, totalement dévorés par cette créature mystérieuse.

L'ombre naquit, se précisa, creva littéralement la masse de la nue.

Comment cela se pouvait-il ? Quel être était
capable de résister à une telle puissance, de traverser impunément ce qui était la chair même
du nuage monstrueux ?

Arimaïla, à demi pâmée, regardait venir sans
comprendre, ce qui était, on ne savait, ou la fin
ou une aide inattendue.

Knet'ag, soutenant la jeune fille de son
mieux, voyait la forme démesurée, reflétée sur
la nue, ce qui lui donnait des dimensions apparemment gigantesques.

Comme une chauve-souris titanesque, avec
une tête canine où brillaient des yeux immenses sur un mufle impressionnant.

Knet'ag râla :

— Les Mathématiques !... Ils ont inventé cela
pour nous rejoindre !

Sans lâcher Arimaïla, de sa main libre, il tira
une arme fulgurante de sa ceinture.

CHAPITRE IV

— Ne tirez pas !... Surtout ne tirez pas !

Qui a parlé ?

Est-il sûr d'ailleurs que quelqu'un ait parlé ?

Knet'ag, éperdu, peut se poser la question. Cependant, il est persuadé qu'il a entendu ou, si le terme est inexact, « perçu » nettement cette injonction.

Il voit le monstre ailé qui se rapproche. Etonnant, impressionnant, mais il faut le reconnaître, son énorme tête n'est pas véritablement effrayante. Les yeux d'or irradient de cette étrange tendresse propre aux races animales proches de l'homme.

Knet'ag a oublié qu'il a été un truand. Il ne songe même pas qu'il est en mission spéciale, très spéciale, en faveur de sa planète patrie. Il n'est qu'un être en détresse, dans une situation extravagante, étreignant une jeune femme qu'il veut sauver à tout prix. Une jeune femme qui n'est pas, pas encore, sa maîtresse, seulement une vaillante compagne d'aventures.

— Ne tirez pas !

C'est net. Pourtant, il se rend compte que cela ne résonne pas à ses oreilles dans cette immensité où les nuages vivants continuent à l'encercler de leurs volutes inquiétantes.

Ce démon ailé ? Envoyé par les Mathématiques ? Il a pu le croire au premier abord, dans son affolement. Maintenant, il réalise qu'une telle présence évoque bien peu ces créatures tellement logiques qu'elles en sont écœurantes. Non ! Il y a bien là un animal, qui n'a rien de robotique. Une sorte de mammifère chiroptère de dimensions inaccoutumées, qui n'a, assurément, pas son pareil sur Inab'dari ni, à la connaissance de Knet'ag, dans les planètes connues du Lion.

Alors des pensées s'infiltrent en Knet'ag. Des pensées apaisantes, une sorte d'appel fraternel, une fleur de générosité qu'il ne saurait analyser mais qui combat fortement l'envoûtement émanant, il n'en a pu douter, de ces nuées bizarres, lesquelles semblent animées d'une mystérieuse pensée collective.

Alors, tout en continuant à se soutenir en vol par le moyen du sustentateur, en s'évertuant à soutenir une Arimaïla à demi consciente, le cosmonaute commença à regarder la bête fantastique avec un peu moins de crainte.

Ce fut presque malgré lui qu'il remit le fulgurant à sa ceinture, renonçant à s'en servir et, il le constata une seconde après, sous l'impulsion de cet afflux mental qu'il ne parvenait pas à situer.

Il avait pu croire un instant que cela aussi jaillissait de la masse nuageuse. Mais non, il en avait maintenant la certitude, le nuage vivant, c'était l'ennemi, une entité formidable et insolite évoluant dans le ciel de l'inconnue, du satellite maudit, alors qu'à présent il survenait en sa faveur une aide providentielle, une alliance bénéfique dont le messager était à n'en pas douter cette gigantesque bête ailée dont les formidables ailes membraneuses soutenaient le corps fauve surmonté d'une tête énorme, aux oreilles droites, au regard d'or.

Il sembla à Knet'ag que la voix insidieuse murmurait en lui :

— Laissez-vous aller... Faites confiance à l'animal volant...

Comme si l'ennemi avait entendu lui aussi, il y eut alors une recrudescence psychique de la part des nuages vivants. Ce fut un déferlement mental qui tenta de se ruer « intérieurement » en Knet'ag. Il crut subir les effets d'une drogue toute-puissante, d'une griserie infinie. Il avait subitement la tentation de s'abandonner à cette nuée aux coloris enchanteurs, à ces séducteurs nébuloïdes, à cette forme chatoyante, sans cesse changeante, qui l'encourageait à se fondre en elle, avec un charme de vampire dissimulant son avidité criminelle par des éléments amènes.

En lui, c'était le combat.

Un combat dont il était l'enjeu, un enjeu comprenant également Arimaïla.

Knet'ag souffrait. Il sentait la subtile pénétration mentale de la force nuageuse contrée
énergiquement par la pensée salvatrice. Il se
rendait compte que ce sauveur inattendu utilisait l'animal volant qui tournoyait toujours
autour du couple perdu en plein ciel.

Mais le jeune homme réalisait aussi qu'en
aucun cas cela pouvait être la bête elle-même.
Certes, il y avait le cas du nuage vivant, mais
ce qui en émanait n'avait rien d'humain ni même d'animal. C'était un appel purement mécanique, un peu analogue à celui d'une plante car-
nivore qui se fait plus belle pour attirer le
maladroit, l'imprudent insecte qui va venir goû-
ter son suc perfide.

Alors que le rempart psychique, lui, était
nettement caractérisé par une pensée organi-
sée, logique, rationnelle, une véritable pensée
humaine.

Knet'ag crut comprendre que l'animal servait de relais et qu'un maître inconnu l'en-
voyait au secours des cosmonautes perdus, se
branchant sur son cerveau afin de communi-
quer avec ceux qu'il tentait d'arracher aux nuages grâce à cette antenne vivante.

Knet'ag suffoquait. Il n'en pouvait plus. Il
était affolé par sa situation, par le souci de
sauver Arimaïla. Il se sentait déchiré mentalement entre les deux forces contradictoires
qui se livraient en lui à un véritable duel.

Alors il cessa d'échapper à la bête. Etrei-
gnant toujours Arimaïla (elle ne risquait évidemment pas de tomber mais d'aller à la dé-

rive), il tendit une main qu'il voulait amicale vers la chauve-souris géante.

C'était peut-être un geste de désespoir. Un bref instant, le temps d'un éclair, il imagina qu'il s'agissait là d'une suprême perfidie de la part de l'entité énigmatique, du nuage vivant qui voulait les dévorer tous les deux, que cet animal étrange n'était qu'une illusion, qu'un phantasme...

Très doucement, de sa gueule puissante, la bête saisit le bras de Knet'ag entre ses crocs formidables, mais avec une surprenante délicatesse chez une pareille créature.

Knet'ag sentit cette douceur, et son esprit fut envahi par la pensée fraternelle qui paraissait lui donner l'assurance que tout allait désormais aller tout seul.

L'être volant, sans lâcher Knet'ag qui lui serrait toujours Arimaïla, piqua soudain vers le sol.

Quand ils pénétrèrent tous trois dans la masse nuageuse, ce fut une véritable marée furieuse qui perturba un instant le cerveau de Knet'ag.

Il comprit vaguement que le nuage vivant, sentant ses proies lui échapper, se révoltait et tentait un dernier assaut, en pleine fureur.

Le cosmonaute sentit nettement à cet instant que, si par malheur, et sans l'intervention incompréhensible de l'animal lui-même animé par une pensée étrangère et vraisemblablement humaine, il s'était abandonné à être enveloppé par les nuées, Arimaïla et lui-même eussent immédiatement succombé.

Que se serait-il passé, il n'en avait nulle conscience. Auraient-ils été absorbés biologiquement, ce n'était pas impossible, cette force étrange pouvait avoir besoin d'éléments organiques pour subsister. Ou bien cela se serait-il borné à une vampirisation purement psychique, leur mental venant grossir la pensée communautaire qui paraissait animer cette fantastique entité ?

Hypothèses qui traversèrent en fulgurance le tourbillon de pensées se heurtant dans le crâne de Knet'ag.

Mais l'animal était vigoureux et, battant inlassablement de ses ailes membraneuses, il avait forcé les cosmonautes toujours enlacés à franchir la zone périlleuse. On dépassait, par en dessous, l'énorme nuage qui, sans doute furieux d'être frustré de sa chasse, paraissait plus tourmenté, plus violemment convulsé que jamais.

La bête les emmenait au-dessus des plaines de porcelaine bleue. On voyait maintenant le soleil Epsilon sur l'horizon et des rayons de pourpre faisaient rutiler les montagnes et les plaines, éveillant des serpents de rubis sur les miroirs d'eau contrastant avec le bleu ambiant.

Féerique décor du couchant sur le satellite inconnu avec, maintenant, très haut au-dessus des cosmonautes, les nuées monstrueuses qui se tordaient de colère pour avoir perdu leurs victimes.

Mais Knet'ag devait encore éprouver une légère surprise. Maintenant qu'il avait échappé à ce domaine effrayant où régnaient les nuées dévorantes, il s'apercevait que le sauveur ailé était beaucoup moins fantastique qu'il ne l'avait cru au premier abord.

Il pouvait penser que cette différence d'aspect était purement subjective, et que ne se trouvant plus soumis à l'influx psychique des terribles nuées, il reprenait un sens plus précis des réalités.

Toujours était-il qu'il voyait, tout près de lui, non plus une sorte de dragon gigantesque bénéfique en la circonstance, mais simplement un mammifère d'un type qui, pour inconnu qu'il soit à Inab'dari et sans doute à travers les planètes du Lion, n'en était pas moins une sorte de composé d'animaux répandus avec quelques variantes sur tous les astres de type terramorphe.

Le corps d'un bê, ce chevreuil des forêts d'Inab'dari, les ailes d'un vofk, ces chiroptères souvent buveurs de sang, la tête d'un k'rao, animal fréquemment dressé au combat.

Une simple bête au pelage ruisselant de sueur, bavant un peu sous l'effort, avec de bons yeux dorés qu'un filet rouge injectait. Bref, rien de prodigieux, uniquement un hybride inconnu mais assurément parfaitement tangible, alors que dans le prestigieux cercle de nuages, Knet'ag avait cru voir apparaître une créature de légende venant secourir les deux malheureux que les nuées s'apprêtaient à engloutir.

Knet'ag s'arracha alors à sa torpeur. Il réalisait que l'envoûtement des nébulosités lui avait fait entrevoir les choses sous un aspect factice. Sans la présence de la bête volante qui continuait à l'entraîner sans rudesse, lui et son fardeau vivant, il aurait pu croire qu'il avait été victime d'hallucinations.

Mais ce guide tout de même exceptionnel devait parfaitement savoir où il devait se rendre. Il continuait à voler au mouvement incessant de ses ailes membraneuses, s'évertuant visiblement à ramener les deux cosmonautes vers le sol.

Knet'ag eut subitement froid au cœur.

Sa pensée initiale revenait, en dépit des assertions mentales qu'il avait perçues, ou cru percevoir.

Tout cela n'était-il pas un tour des Mathématiques ?

Une fois encore, il se morigéna. Non ! Ces robots charnels ne devaient jamais utiliser que des créatures analogues à leur étrange nature et ce brave bê-vofk-k'rao était assurément d'un autre acabit.

De nouveau, Knet'ag se sentit envahi par une pensée amicale, fraternelle, on cherchait à le rassurer, à contrer ses doutes, son inquiétude, comme s'ils avaient été subtilement devinés.

Il se sentit plus détendu, d'autant qu'Arimaïla commençait à revenir à elle, et levait les yeux vers le visage tout proche de Knet'ag, ne comprenant visiblement rien à ce qui lui arrivait, ni en quel lieu insolite elle pouvait bien se trouver.

Elle soupira, eut une sorte de hoquet en

s'apercevant qu'ils étaient encore tous les deux
en plein vol, mais que son compagnon qui la
soutenait était lui-même entraîné par une sorte
de chimère de type inconnu d'elle, dont l'aspect
initial était, il fallait en convenir, quelque peu
impressionnant.

— N'aie pas peur... N'aie pas peur... Il est
venu à notre secours !...

La jeune fille était totalement perdue.

Elle bredouilla quelques questions à peu près
inarticulées. Mais Knet'ag devinait les mots et,
aussi doucement qu'il le pouvait, suffoquant
un peu en cette conversation dans l'atmosphère, il tenta de lui expliquer. Elle comprit
tout au moins qu'ils avaient été arrachés au
nuage maléfique par l'intervention de cet animal extravagant d'aspect et que, maintenant,
on les conduisait... Où ? Cela, Knet'ag était
encore assez embarrassé pour le dire.

Mais ce doute ne dura pas. Arimaïla et lui
apercevaient, au sol, la masse formidable d'un
astronef.

Elle eut un haut-le-corps et Knet'ag la sentit
frémir tout contre lui.

— Les Mathématiques !

— Non ! Non ! Ce ne sont pas eux !

— Qui alors ?

Prise contre son compagnon aussi ignorant
qu'elle, échappant de peu aux nuages vampires,
serrée par ce monstre ailé, ramenée vers le
terrain auprès d'un vaisseau spatial inconnu,
l'envoyée d'Inab'dari avait quelque raison
d'être angoissée.

Mais des gens, des cosmonautes de toute

évidence, venaient vers eux. Ils étaient de types divers, assurément de simple race humaine. Une jeune femme était au premier plan, flanquée de deux jeunes gars qui lui faisaient une garde d'honneur un peu comique.

Et un grand garçon élancé, au visage amène, aux cheveux blond foncé coupés court, au regard vert étincelant, leur souhaitait la bienvenue :

— Ne craignez rien, amis d'Inab'dari... Nous sommes solariens et alliés de votre planète... Vous n'avez rien à craindre des Mathématiques ! Comme vous, nous sommes à la recherche des xtaïx, et nous voulons le salut de votre monde !...

CHAPITRE V

Il y avait bien quelques difficultés de dialogue. Toutefois, le code spalax, ce langage interplanétaire établi dans toutes les planètes civilisées avait déjà pénétré dans le monde du Lion. Si bien que l'étudiante Arimaïla et le jeune forban Knet'ag en possédaient au moins les rudiments.

L'une avait tout naturellement étudié le spalax à l'université alors qu'elle se préparait à l'école des cosmonautes, l'autre en avait glané les éléments parmi les flibustiers de l'espace auprès desquels il avait vécu plusieurs de ses jeunes années.

Ainsi, avec le chevalier Coqdor, expert en communication avec les humanités de l'espace, on commençait à s'expliquer. Et les pièces du puzzle se reconstituaient petit à petit.

Giovanna Ansen, en sa qualité de femme, participait aux conversations. Déjà, elle sympathisait beaucoup avec Arimaïla. A peu près du même âge, l'une comme l'autre formées à la rude école spatiale, elles aidaient beaucoup aux échanges.

C'était elle qui avait minutieusement expliqué aux deux rescapés ce qui s'était passé lors de leur folle équipée dans les nues du satellite.

Coqdor était un médium subtil. Mais il voyait ses facultés centuplées depuis qu'il commençait à savoir utiliser cette pierre dont il savait à présent que les naturels d'Inab'dari l'appelaient le xtaïx.

Ainsi, il avait détecté tout d'abord la planète inconnue sur laquelle devait en principe se trouver le gisement des précieuses gemmes. Certes, il ne savait pas exactement encore quelle en serait l'utilité, mais tout portait à croire que le salut d'Inab'dari menacé par les Mathématiques en dépendait. Et comme les autres planètes du Lion se révélaient à peu près incapables de venir en aide à ce monde en détresse, les Terriens et autres Solariens constituant l'équipage s'étaient lancés dans l'aventure, en dépit de quelques grognements d'usage dus au commandant Martinbras.

Ils avaient trouvé la petite planète sans grande difficulté. Toutefois, le prudent Coqdor avait tout mis en œuvre pour en sonder les abords. La réputation de malédiction pouvait n'être pas seulement une légende, de telles histoires ayant fréquemment une base trop réelle.

Il avait ainsi pressenti la présence d'un ennemi. Mais d'un ennemi d'un style un peu particulier. Des hommes, des femmes ? Oui, sans doute. Mais d'une incroyable insensibilité, au comportement robotique et cependant parfaitement raisonné, ce qui constituait le plus parfait des non-sens.

D'autre part, il y avait une présence humaine. Rigoureusement humaine et le chevalier au regard vert, plongé dans la méditation la plus profonde, s'appuyant sur les irradiations fantastiques de l'oiseau flamboyant né de la manipulation et de l'illumination de la gemme xtaïx, avait été amené à supposer qu'il s'agissait d'un couple.

Rien qu'un couple de cosmonautes sur ce monde perdu ? Il avait tout d'abord imaginé qu'il se trouvait là les derniers survivants de quelque naufrage spatial.

Bientôt, on découvrait dans la splendeur azurée de la petite planète les périls étranges qui la caractérisaient. Et particulièrement ces nuées vivantes, animées d'un psychisme incompréhensible, envoûtantes et vampiriques.

Enfin, Coqdor parvenait à situer les deux êtres volants, enveloppés par le nuage monstrueux. Alors il utilisait Râx, le pstôr, pour aller à leur secours.

Certes, se servant du cerveau de l'animal en tant que relais, en parfaite symbiose avec sa propre pensée, Coqdor pouvait diriger Râx à son gré et recevoir les impulsions visuelles ou purement sensitives éprouvées par le dogue-chauve-souris.

Cependant, ayant estimé à leur juste valeur les effets des nuées fantastiques, le chevalier de la Terre s'était bien gardé d'y précipiter ain-

si son fidèle ami, ce qui eût équivalu à le livrer
à cette entité exceptionnelle. Il s'était alors servi du xtaïx, créant autour de Râx une sorte
d'aura de fréquence, véritable armure invisible
destinée à le protéger contre les attaques.

Râx avait donc pu impunément traverser la
masse des nuées sans le moindre dommage, ce
qui n'avait sans doute pas été sans perturber
fortement l'entité peu habituée à une telle ré-
sistance.

Bien plus ! Râx lui avait arraché ses proies
pour les ramener au sol, entre les mains des
membres de l'équipage solarien. Et Knet'ag,
déjà envahi par la force psychique de la nuée
terrible, saisi lui aussi dans l'irradiation de
Râx, irradiation consécutive aux effets du xtaïx,
l'avait vu surgir dans le firmament comme un
véritable dragon, comme une créature encore
plus extraordinaire qu'elle ne l'était déjà au
naturel, quitte à le voir dans ses véritables proportions au fur et à mesure que, redescendant
vers l'astronef, il avait senti son cerveau se
laver des influx contradictoires qui ne cessaient de le pénétrer depuis un bon moment.

Arimaïla et Knet'ag avaient donc écouté avec
la plus grande attention le récit de Giovanna.
Maintenant, ils commençaient à comprendre.

A leur tour, ils avaient longuement parlé de
leur planète patrie, Inab'dari.

Ils avaient évoqué ce petit monde qui leur
était cher et Knet'ag, mis en confiance, avait
avoué son passé, ne trouvant qu'indulgence et
compréhension chez une fille telle que Giovanna Ansen, un homme tel que Bruno Coqdor.

Ils avaient narré la menace de cette race
étrange qu'on nommait, faute de mieux, les
Mathématiques, eu égard à leur comportement
incompréhensible, et comment Inab'dari se
trouvait menacé.

Arimaïla avait évoqué alors l'histoire du
Grand Cœur.

— Quel est ce Grand Cœur ?

— En réalité, il s'agit d'un pulsar, invisible évidemment pour le profane, mais tellement
connu que l'imagination populaire s'en est em-
parée depuis que nos astronomes l'ont révélé.
Ceux d'Inab'dari sont persuadés que la régularité de ce pulsar, aussi rigoureusement ryth-
mé que les autres émetteurs-radio émanant
des mystérieux astres noirs, correspondait à
une protection divine pour notre planète... Légende... Féerie... Besoin de surnaturel... Tout
cela est bien légitime...

— C'est mon avis, assura Coqdor, et de telles
croyances existent partout à travers l'univers,
les humains, quels qu'ils soient, éprouvant le
besoin de saisir une manifestation de la divi-
nité dans la parfaite harmonie cosmique...

— Hélas ! chevalier. Le pulsar s'est soudain
déréglé. On ne constatait plus la perfection de
son rythme, mais une irrégularité angoissante.
Cela s'est répandu dans le public et une ru-
meur n'a pas tardé à affoler Inab'dari : le
Grand Cœur ne palpite plus que comme un
simple organe frappé à mort. Le Grand Cœur,
protection tutélaire de notre planète, va périr...
Inutile de préciser que ce fut un début de
panique... Les autorités tentèrent d'enrayer ces

craintes réputées pure superstition. Et sans doute y serait-on parvenu... Mais il y a eu, parallèlement, les premières attaques des Mathématiques... Cette fois, cela paraissait trop bien correspondre au malaise du Grand Cœur... Si bien que non seulement il nous faut combattre mais encore il y a le désespoir, le défaitisme d'un peuple qui se croit abandonné de son dieu...

Arimaïla avait ainsi défini strictement la situation de son monde patrie.

Giovanna lui avait pris affectueusement la main et le monstre Râx, couché aux pieds des deux jeunes filles, avait levé la tête, fixant sur elle ses yeux dorés, ronronnant doucement comme pour l'apaiser, et se mettant gentiment à lui lécher les mains.

Arimaïla en était tout émue. Knet'ag, lui, essayait de demeurer impassible, ainsi qu'on le lui avait enseigné chez les pirates.

Les yeux verts du chevalier de la Terre allaient de l'un à l'autre et, comme toujours, il les regardait avec un soupçon d'ironie dans sa bienveillance apparente qui n'était d'ailleurs pas feinte.

Arimaïla, cependant, voulait mettre les choses au point et l'homme venu de la lointaine Terre se divertissait de voir cette petite personne décidée, enthousiaste, sincère, qui cherchait les plus petits détails.

La question qu'elle posa alors, il est vrai, était d'importance :

— Chevalier, ni vous, ni vos coplanétriotes,

ni l'astronef du commandant Martinbras n'ont
touché Inab'dari...

— Non ! Notre dernière escale a été Léo IX.

— Et cependant, je vous trouve ici, provi-
dentiellement puisque non seulement vous nous
avez sauvés, Knet'ag et moi, mais encore vous
allez nous permettre de mener à bien notre
mission...

— En y participant, si vous n'y voyez aucun inconvénient !

— Nous en serons heureux. Mais je voudrais
savoir les raisons de votre présence ici...

— ... Alors que, normalement, nous n'avions
rien à y faire. Eh bien, demandez-moi donc
comment je suis en possession d'un xtaïx...

Il expliqua alors comment une femme inconnue l'avait abordé à Léo IX, lui avait remis
le préciosissime caillou. Et c'était un peu après
ce moment que l'astronavigateur Giovanna Ansen s'était aperçu de la rupture du rythme du
pulsar, de ce pulsar que ceux d'Inab'dari appelaient le Grand Cœur et croyaient le dieu tutélaire protégeant leur planète.

— Cette fille... pouvez-vous me la décrire ?

— Jeune. Assez belle. Brune et d'aspect fa-
rouche... Des yeux étrangement flamboyants...

Knet'ag et Arimaïla se regardaient, s'interro-
geant muettement. Que de filles d'Inab'dari
pouvaient correspondre à un tel signalement !

— Mais... ce caillou... cette gemme ?

Bruno Coqdor le montra. Arimaïla soupira :

— Je me demande s'il ne s'agit pas du seul

exemplaire existant sur Inab'dari et qui a été
dérobé dans les laboratoires officiels...

— Je pense que tu as raison, dit Knet'ag.
Ce doit être le même.

— Ce n'est pas impossible, admit Coqdor. De
toute façon, son efficacité est indéniable et il
va nous permettre de poursuivre notre quête...

Il allait continuer à commenter, dire comment, après l'appel de détresse de la planète
Inab'dari, les Terriens avaient demandé des précisions par sidéroradio à Léo IX, seul monde
du Lion qu'ils aient visité.

A ce moment, une alerte sonna à travers le
navire spatial. Les détecteurs ondioniques si-
gnalaient un mouvement d'un groupe humain,
quelque part dans les collines voisines. Le réseau franchissait difficilement les obstacles
naturels mais il était vraisemblable que les inconnus, passant par une faille de la montagne,
avaient été saisis dans le faisceau invisible et
ainsi repérés.

Arimaïla et Knet'ag avaient bondi.

— Les Mathématiques !

De toute évidence, il ne pouvait s'agir que
des effrayants insensibles. Coqdor et Giovanna
les rassurèrent. Sur le *Fulgurant* ils ne risquaient rien, mais les deux enfants d'Inab'dari
étaient anxieux et inquiets...

En accord avec le commandant, on établit rapidement un plan de campagne.

Il fallait trouver le désert où, d'après le parchemin virgonien, existait le fabuleux gisement
des fabuleuses pierres. Or, se déplacer avec
l'astronef était impensable. Un canot-soucoupe

se fût aisément fait repérer. On décida donc de
renoncer à tout moyen de transport, y compris
le petit engin qui avait amené Knet'ag et Arimaïla depuis leur planète patrie.

Bruno Coqdor organisa l'expédition, laquelle
devait tout bonnement partir à pied, la nuit
venue, à travers les collines.

On avait longuement étudié à la fois les cou-
rants telluriques du planétoïde et aussi, une
fois encore, le parchemin mystérieux, qu'Arimaïla avait conservé sur elle, et qui retint hau-
tement l'attention du chevalier de la Terre.

Il se concentra, le sonda médiumniquement.
Il lui sembla en effet pouvoir à peu près découvrir une direction. La distance était médio-
cre, mais s'il ne s'agissait que d'une trentaine
de kilomètres du point d'atterrissage de l'astronef, le terrain était très accidenté et il faudrait sans doute plusieurs jours de la petite
planète pour y parvenir.

Pendant ce temps, Inab'dari était en péril.
Mais avait-on le choix ?

Si les Mathématiques observaient les Terriens et les Inab'dariens, ce qui était très certainement le cas, ils purent constater que le
grand vaisseau spatial, ainsi que le petit engin qui avait amené les deux aventuriers, s'éle-
vaient de conserve et s'éloignaient, se dirigeant
vraisemblablement vers l'équateur du planétoïde, ce qui représentait une appréciable distance.

Ces logiciens absolus pouvaient-ils supposer
qu'un petit groupe humain, progressant tout
bonnement à pied comme une simple expédi-

tion touristique quelque peu risquée, avaient entamé à travers les coteaux la recherche des gemmes magiques ?

Martinbras avait donc quitté l'aire d'arrivée et deux pilotes, rapidement initiés par Knet'ag, conduisaient l'engin d'Inab'dari qui semblait ainsi à la remorque des Solariens.

Car Knet'ag, bien entendu, se serait refusé à s'éloigner, à ne pas participer à la quête. Arimaïla, gardant toujours le précieux parchemin, devenait tacitement le chef de la petite troupe. Bruno Coqdor et Râx n'auraient pas perdu une si belle occasion d'aventure. Giovanna Ansen, malgré quelques réticences de Martinbras, avait fini par se voir accorder la permission de se joindre à eux.

Enfin Jonson et Aligro s'étaient tellement chamaillés pour les accompagner (à l'origine on avait estimé qu'un seul des aspirants était nécessaire) que Coqdor avait fini par convaincre Martinbras de les laisser venir tous deux. D'ailleurs, il se disait pour lui-même que deux gaillards jeunes et décidés ne seraient dans doute pas de trop. La route était certainement pénible, mais la réputation de la petite planète l'inquiétait. Et puis, on se heurterait immanquablement aux Mathématiques, ce peuple dont on lui parlait beaucoup mais dont il ne savait encore pratiquement pas grand-chose.

Les deux vaisseaux spatiaux, le grand et le petit, s'étaient élevés, avaient piqué en hauteur sans partir vers l'espace et on les avait vus disparaître à l'horizon. Cela à l'heure du crépuscule, un crépuscule magnifique, le bleu ambiant tournant au mauve, alors qu'Epsilon se couchait.

C'était la nuit. La petite troupe, solidement équipée, armée, munie de sustentateurs, progressait dans la montagne.

La végétation était à peu près nulle, poussant seulement dans les vallées où l'irrigation était assez abondante. Plusieurs lunes croissaient, jetant des lueurs variées, changeantes, irisant le paysage selon que leurs rayonnements se croisaient ou non.

Coqdor marchait, réfléchissant surtout au parchemin virgonien, qu'il n'avait pu déchiffrer, mais dont certains détails l'intriguaient.

Râx voletait au-dessus du groupe. Sa morphologie particulière lui permettait bien de se déplacer au sol, mais gauchement, sur ses pattes postérieures et ses ailes repliées, ce qui le rendait assez ridicule, alors qu'il était splendide quand il déployait sa voilure naturelle.

La nuit se passa sans incident mais, un peu avant le jour, Aligro, qui marchait en tête, devisant avec Knet'ag (les deux garçons s'évertuant à se comprendre en spalax), s'arrêta brusquement et fit signe à ses compagnons de stopper.

— Qu'y a-t-il ?

— Devant nous... en contrebas... ce plateau... Il y a des hommes !

CHAPITRE VI

Prudence : le mot clé dans de telles circonstances ! Dès que, sur une planète encore inconnue, des cosmonautes débarquent, tout peut être suspect, aussi bien les hommes que les animaux, les plantes ou... les entités innombrables qui fourmillent mystérieusement à travers le cosmos.

Cela pour expliquer la position de la petite troupe menée par Arimaïla d'Inab'dari et Bruno Coqdor de la Terre : ils étaient tous à plat ventre, utilisant au maximum pour se dissimuler les moindres failles et mouvements du terrain.

Jusqu'à Râx, lequel, strictement en harmonie avec son maître, s'était lui aussi aplati et ne bougeait pas, respirait en mineur, alors que ses yeux dorés étincelaient et que son mufle, légèrement levé, cherchait des effluves probants.

Des hommes ? Le jour venait et les silhouettes repérées, encore assez lointaines, prenaient

des tons curieux, deux ou trois lunes jetant
leurs derniers feux alors que, sur l'horizon, un
embrasement neuf annonçait la venue d'Epsilon du Lion.

Il fut promptement décidé qu'une reconnais-
sance s'imposait. Toujours empressés à faire
leur cour à Giovanna et soucieux de briller aux
yeux du charmant astronavigateur, Aligro et
Jonson proposèrent ensemble de se précipiter
afin de jouer les éclaireurs.

Knet'ag, de son côté, entendait ne laisser
à personne le soin d'étudier la situation, ar-
guant de sa qualité d'envoyé d'Inab'dari, la
planète en péril.

Mais Coqdor les mit vite d'accord : il allait
utiliser Râx.

Il convainquit aisément Arimaïla de demeurer avec Giovanna et naturellement les deux
jeunes cosmonautes trouvèrent tout naturel
de rester également afin de veiller sur les jeunes
filles.

Knet'ag et le chevalier de la Terre commencèrent alors une progression en position de
« ramping », flanqués du pstôr qui, en dépit
de ses facultés de vol, se glissait au sol avec
une souplesse de félin, paraissant retenir son
souffle et suivant rigoureusement la piste de
Coqdor.

Les deux hommes et la bête parcoururent
de cette façon une distance assez appréciable.
Ils se rapprochaient de la zone suspecte, perdant de vue le plateau par instants alors qu'ils
se trouvaient au fond de quelque crevasse,

ou qu'elle leur était masquée par un roc massif, une aiguille, une crête...

La végétation existait, mais elle était rare. Il n'y avait dans cette contrée avant tout pierreuse que quelques plantes dures, évoquant vaguement les cactus terrestres, épineux comme eux, souvent de dimensions démesurées. En dépit de la beauté de la lumière, qui reprenait de plus en plus le bleu ambiant du satellite inconnu, tout paraissait hostile, inhumain.

« Un monde sans âme... », pensait Coqdor.

Et il pensait à cette étrange race des Mathématiques. Il lui semblait que cet astre aux splendeurs figées devait convenir parfaitement à des créatures aussi dénuées de sentiment humain.

Les lunes s'effaçaient, laissant traîner leurs dernières écharpes, roses ou vertes, sur les sommets, sur le plateau qui s'étendait devant les cosmonautes, en contrebas pour la plus grande partie.

Epsilon réveillant le bleu transparent, dominante du jour, ils revirent les silhouettes mystérieuses caressées par des flaques de clarté de tons variés. Coqdor, alors qu'on atteignait à peu près l'extrémité d'une corniche surplombant le plateau, fit signe à Knet'ag de stopper.

Râx, se réglant sur Bruno, s'était tapi au sol, mais on le sentait en éveil.

— Qu'en pensez-vous, ami Knet'ag ?

L'homme d'Inab'dari observa un instant avant de répondre :

— Etrange ! Ils ne bougent pas !

— Etes-vous sûr que ce soient bien des hommes ?

— A cette distance, on peut encore se tromper... Même si c'est un caprice de la nature, ce qui se produit quelquefois, il serait exceptionnel qu'il y ait ainsi une foule de personnages simplement imités par des formes rocheuses...

— Aussi je ne crois pas que ce soit là l'œuvre de la nature... Prenez mes jumelles !

Knet'ag obéit, regarda un instant, eut une exclamation :

— Des statues, dirait-on ! Oui... ce serait plutôt cela...

— Mais avez-vous remarqué quelque chose ?

— Je pense à des idoles... Une sorte de champ sacré où un peuple aurait sculpté, taillé, une quantité impressionnante de figurations d'êtres supérieurs, dieux, génies ou démons...

— Il y a autre chose, Knet'ag !

— Leurs formes ? Leurs attitudes ? Il est vrai qu'ils paraissent tous tourmentés, quelques-uns au sol, d'autres dans un mouvement indiquant la souffrance... Ou bien il y en a qui paraissent en position de chute, une chute incompréhensiblement stoppée. Oh ! voilà qui est curieux ! D'autres offrent l'aspect de créatures tétanisées... Oui, comme s'ils étaient saisis d'une douleur violente tordant les membres, les torses, les têtes également... Plus je regarde...

— Et plus c'est atroce, n'est-ce pas, Knet'ag ?

— Atroce, chevalier. Mais c'est là le champ de la torture, du désespoir ! S'il s'agit d'idoles, de statues représentant je ne sais quel symbole,

cela doit évoquer tous les tourments de l'humanité !

— Je crois, dit lentement l'homme aux yeux
verts, que vous êtes dans le vrai, ami...

Knet'ag regarda encore un bon moment
avant de lui rendre les jumelles, et le regarda,
interrogateur.

— Vous avez une idée ?

— Hum !... Un sondage est nécessaire...

— Vous avez parlé d'utiliser Râx ?

— Certes. Mais je ne veux pas risquer mon
féal sur ce sol qui me paraît justifier la réputation de l'inconnue, ainsi qu'on nomme, si
je puis utiliser ce paradoxe, ce satellite d'Epsilon.

— Donc, vous l'envoyez en vol ?

— C'est exactement cela... Râx... Râx, mon
bel ami...

Il grattait le crâne du pstôr qui ronronnait
de bonheur, de tendresse.

Et Knet'ag, silencieux, observa le manège de
l'homme et de la bête, une fois encore en parfaite symbiose.

Coqdor avait fermé les yeux et Knet'ag voyait
son mâle et beau visage qui commençait à subir des contractions fugaces. On sentait un
puissant effort intérieur et le fils d'Inab'dari,
connaissant déjà la faculté médiumnique du
Terrien, s'intéressait vivement au processus,
encore qu'évidemment il puisse se poser des
questions sur les modalités d'un tel procédé.

Râx ronronnait toujours. Soudain, il stoppa,
siffla doucement, modulant cette voix comme

s'il répondait aux injonctions muettes, mais évidemment télépathiques de son maître.

Knet'ag vit alors Bruno, toujours les yeux clos, mais dont les lèvres s'agitaient indiquant la correspondance instinctive avec le langage interne, qui sortait un petit objet de sa ceinture.

Le compagnon d'Arimaïla frissonna. Son émotion était vive chaque fois qu'il lui était donné d'apercevoir la pierre magique en laquelle résidait, disait la tradition, le salut d'Inab'dari, peut-être aussi celui du Grand Cœur.

Un xtaïx ! Très certainement l'exemplaire unique dérobé dans les laboratoires officiels et remis par une fille inconnue à Bruno Coqdor lors de l'escale sur Léo IX.

Coqdor le serrait dans une main tandis que de l'autre il continuait à caresser le pstôr, lui parlant muettement, en accord psychique.

Knet'ag était fasciné.

D'autant que le xtaïx, que Coqdor faisait osciller sous les rayons naissants d'Epsilon, commençait à irradier.

Brusquement, au-dessus d'eux, les enrobant partiellement, jaillit l'oiseau de feu, l'oiseau divin, l'être holographique émanant de la gemme sacrée.

Knet'ag, le cœur battant à grands coups, sentait une envie folle de se prosterner, reconnaissant là le signe de la puissance tutélaire veillant sur sa planète patrie. Et le forban qu'il avait été retrouvait la foi de son enfance.

Mais Coqdor se soulevait sur les genoux, puis se mettait debout.

Et le fantôme ruisselant de couleurs étendait au-dessus d'eux ses ailes impalpables, magnifique dans son iridescence, éclipsant même l'orgueilleux Epsilon qui s'élevait sur l'horizon, faisant lui-même pâlir lunes et étoiles.

Et Râx siffla plus fort, s'envola.

Stupéfait, Knet'ag constata que l'oiseau de mystère paraissait prendre son vol en même temps que le pstôr.

Il comprit que c'était là ce qui s'était passé alors que Coqdor était venu à leur secours, quand il était perdu avec Arimaïla dans le firmament de l'inconnue, et que les nuées vivantes les menaçaient.

Râx dynamisé, guidé télépathiquement par Coqdor, protégé d'autre part par la puissance du xtaïx.

Knet'ag suivi des yeux ce fantastique spectacle : le pstôr volant maintenant au-dessus du plateau où figuraient les statues de la souffrance, auréolé par le dieu-oiseau qui lui donnait des dimensions titanesques, si bien qu'il devenait difficile à l'observateur de dissocier l'animal vivant et la vision irradiante.

Coqdor n'avait pas ouvert les yeux.

Debout, immobile, bien campé sur ses jambes, il élevait entre deux doigts le xtaïx, générateur de l'oiseau de lumière.

Un long moment s'écoula.

Knet'ag, fasciné, regardait Râx dont l'étrange silhouette enrobée de l'aura mystérieuse s'élevait et tournoyait au-dessus du vaste plateau que les rayons d'Epsilon commençaient à inonder dans un tourbillon de lumière bleutée.

Mais le chevalier, en accord parfait avec le pstôr qu'il guidait et sondait à la fois, commençait à parler, entre haut et bas, exprimant à l'intention de son compagnon subjugué les impressions qu'il commençait à ressentir, transmises comme une véritable émission de télévision vivante par le truchement du cerveau de Râx :

— Il émane de ce terrain une force attractive subtile... Il me semble que c'est quelque chose de dangereux... analogue à ce qui exsude de la nuée vivante... Mais cette fois il s'agit d'une forme statique, de la roche même... Oh ! cette planète, celle qu'on n'ose nommer autrement que l'inconnue... mérite bien sa réputation de maudite... et la mort y guette les vivants... de toutes parts...

Râx voletait toujours, exécutant dans le ciel de grands cercles. Et comme il demeurait le centre même de la projection du xtaïx maintenu entre les doigts de Bruno Coqdor, c'était l'image d'un film sans précédent que Knet'ag pouvait apercevoir au-dessus de cette plaine où se tordaient les étranges idoles.

— ...Je les vois... ils vivent... non !... Mais ils ont vécu... Ce ne sont pas des figures taillées dans la pierre... non !... Pourtant pas des créatures animées.. Alors ?...

Visiblement, Coqdor faisait effort. Plus que jamais son visage se contractait et Knet'ag imagina que, là-haut, le pstôr aiguillonné par la pensée du maître, devait, lui aussi, mettre toute sa pensée animale en œuvre pour retransmettre ce que ses yeux de fauve lui montraient, qu'il était incapable d'analyser, mais que l'homme dont il était le relais enregistrait et utilisait pour une synthèse foudroyante.

— Des hommes !... Des vivants... Tous les aventuriers qui, depuis des siècles, viennent ici... d'Inab'dari ou d'ailleurs... à la conquête des xtaïx...

Knet'ag sentait une sueur froide lui mouiller le front et l'échine.

— Chevalier ! Chevalier Coqdor !... Ils ont vécu, dites-vous... On les a donc tués ? Changés ainsi en statues !... Mais qui ? Quelle force maléfique ? Dites-moi ! Dites-moi !...

La large poitrine de l'homme aux yeux verts se soulevait. Il souffrait, c'était indéniable. Comme Râx devait souffrir lui aussi pour l'établissement de cette émission affolante.

— ... Des vivants ?... Mais des morts maintenant !... Oui... la mort les a saisis alors que, les uns et les autres, ils voulaient atteindre le désert aux gemmes, et dépasser ce plateau... qui y conduit directement... Parce que le désert se trouve de l'autre côté... et qu'il est pratiquement inaccessible par les autres flancs du massif rocheux...

— Alors ? Il est impossible de s'y rendre ! Je comprends pourquoi les pierres sacrées sont si rares... ont une telle valeur !

— Nous en possédons une, Knet'ag... Une !

Il l'élevait entre ses doigts, la baignant des lueurs d'Epsilon, et l'oiseau-dieu jetait ses feux, cerclant littéralement le vol du pstôr.

— Les nuées dévorent, reprenait Coqdor. Le

sol aussi dévore... Toute cette planète est vampirique... Ainsi l'a voulu le Créateur qui y a semé les xtaïx magiques. Ceux qui ont l'imprudence de poser le pied sur ce sol sont littéralement fossilisées... absorbés... comme vous avez failli l'être avec Arimaïla dans le nuage mortel !

Knet'ag, malgré son cran, se retenait pour ne pas claquer des dents.

— Ils sont là, reprenait Coqdor. Plus d'une centaine. Vestiges des équipages qui ont abordé ce monde, qui ont tous été attirés dans ce piège... Saisis tout vifs par la puissance de ce sol abominable... Stratifiés au fur et à mesure... Ah ! Le soleil les inonde de ses magnificences... Et leurs tourments... leurs gestes d'horreur suprême, leurs membres tordus, leurs faces horrifiques, leurs corps torturés apparaissent dans la splendeur solaire... dans le bleu de cristal, dans le saphir fantastique qui paraît dominer l'inconnue...

Soudain, il tressaillit.

— Râx... Ah ! Le sol t'attire... Mais je... Aââàh !

Knet'ag voyait le pstôr qui, s'étant imprudemment approché du terrain, avait eu un soubresaut, en dépit de l'auréole que lui faisait le xtaïx.

Bruno Coqdor, en symbiose avec lui, avait sursauté et dans ce mouvement la gemme précieuse lui échappait des doigts.

Le chevalier jura par toutes les nébuleuses de la Galaxie et, abandonnant un instant Râx, il se jeta à quatre pattes pour rechercher la gemme.

— Knet'ag !... Pour l'amour du ciel ! Knet'ag... Aidez-moi ! Il faut retrouver le xtaïx...

Muet d'angoisse, Knet'ag avait parfaitement saisi et, lui aussi, se jetait au sol, lui aussi sondait les moindres aspérités du terrain, palpait le sable, les pierres, les végétaux épineux.

Rien n'apparaissait. Le petit fragment du précieux minéral s'était perdu.

Un instant, les deux hommes cherchèrent. Mais Coqdor se redressait, hurlant :

— Râx !

Parce que Râx n'était plus protégé par le xtaïx. Parce que l'aura-armure s'était évanouie parce que le plateau vampirique l'attirait, le forçait malgré sa puissante voilure à se rabattre pour le fossiliser, pour le ranger parmi ses autres victimes, pour faire de lui une statue fantôme de plus dans ce monde de sinistre magie, de désolation et de mort !

CHAPITRE VII

Knet'ag s'acharnait. Il avait les mains ensanglantées, les ongles quasi déchiquetés par la dureté du sol. Il grattait la poussière, fourrait ses doigts dans les moindres anfractuosités, arrachait des lambeaux de végétaux, déplaçait des cailloux. En vain ! Le xtaïx avait disparu.

Bien sûr, il était là. Il devait être là, tout près, dissimulé dans une minuscule faille du sol. Seulement Knet'ag s'évertuait vainement.

Il transpirait. Il saignait, il haletait. Il fallait retrouver la gemme préciosissime, non seulement pour sauver Râx, mais encore parce qu'il s'agissait du trésor d'Inab'dari et que c'était grâce à cette pierre qu'on pourrait aller jusqu'au bout de la quête.

Bruno Coqdor, lui, toujours debout, maintenant ayant croisé les bras sur sa poitrine, livrait un terrible combat intérieur.

Lui aussi transpirait abondamment dans la chaleur montante d'Epsilon, et surtout parce qu'il fournissait un effort violent, parce qu'il était dévoré d'angoisse en songeant au sort du pstôr.

Certes, il y avait la solution de s'élancer avec les sustentateurs à la rescousse, de rejoindre Râx en vol. Mais maintenant le chevalier de la Terre savait qu'il fallait se méfier de ce sol perfide qui, peut-être, en dépit de l'antigrav, eût fini par les attirer vers lui.

Aussi, campé sur ses jambes, axé sur le cerveau de Râx, poursuivait-il la lutte pour l'aider à se maintenir à présent que l'armure impalpable mais efficace du xtaïx lui faisait défaut.

Si les deux hommes connaissaient ainsi des minutes cruelles, Râx lui se débattait en plein ciel.

Il était fort, capable de tenir l'air en soutenant jusqu'au poids d'un homme, exploit qu'il avait accompli à plusieurs reprises. C'était un combattant redoutable auquel cinq ou six hommes ne faisaient pas peur. Mais la puissance irrésistible de ce sol diabolique avait, petit à petit, raison de lui et il était saisi dans une invisible main qui le ramenait lentement vers le cimetière des idoles, des humains figés.

Ses larges ailes battaient avec fureur. Il écumait de colère impuissante, mais il sentait bien, avec la sûreté de l'instinct animal, qu'il n'y avait rien à faire, qu'il était perdu.

Et sans doute n'y avait-il plus en lui qu'une image, celle du maître adoré qu'il suivait depuis si longtemps de planète en planète.

Coqdor, le cœur dans un étau, « voyait » mentalement la chute de Râx et y participait, vivant intensément les affres ressenties par son monstre familier.

Knet'ag, désespéré, relevait la tête. Il avait les mains en feu, déchirées, mais il ne sentait qu'à peine la douleur. Son visage était baigné de sueur, maculé de poussière tant il avait gratté le sol. Rien ! Le xtaïx demeurait introuvable.

Et Coqdor se disait que s'il n'avait pas éprouvé un soubresaut intempestif, Râx n'en serait pas là.

Tous deux avaient conscience de la fatale descente. L'un simplement en ouvrant ses yeux, l'autre en se fixant mentalement littéralement dans le pstôr.

Knet'ag s'était mis debout. Il regardait autour de lui d'un air égaré.

Il voyait, en contrebas, le terrain maudit où les êtres fossilisés irradiaient, baignés d'azur, hideux dans leur splendeur solaire. Il voyait Coqdor déchiré, haletant, ruisselant d'une sueur atroce, tendu à l'extrême. Il voyait Râx qui descendait, descendait inéluctablement.

Il mesurait des yeux la distance les séparant du cimetière. De leur position sur le plateau, il surplombait ce sol où Râx allait s'abattre.

Et, brusquement, voyant le pstôr baisser encore en dépit de ses efforts multipliés par ceux de Bruno Coqdor, Knet'ag s'élança.

Coqdor ouvrit les yeux, violemment arraché à l'effort psychique.

— Knet'ag ! Attention ! Revenez !

Le chevalier se précipita sur les traces de

l'homme d'Inab'dari, réitérant les conseils de prudence.

Ils dégringolaient tous deux par un cheminement naturel, très accidenté, entre les rocs, dans les failles, le long des pentes, contournant les aiguilles, évitant les crevasses et les monstrueux cactus.

— Knet'ag... Prenez garde !... La zone d'influence attractive peut s'étendre jusqu'à nous...

Qu'importait à Knet'ag ! Il fonçait !

Râx sifflait douloureusement, et cet appel de désespoir si rare chez le vaillant pstôr crevait le cœur de Coqdor.

D'un Coqdor qui bien qu'appelant Knet'ag à la prudence se précipitait lui aussi au secours du pstôr.

Parce que dans moins d'une minute Râx allait toucher le sol infernal, très près d'ailleurs de la base de la falaise car il avait instinctivement lutté pour tenter d'éviter de tomber sur le terrain même, pour choir si c'était possible sur le flanc du coteau là où semblait cesser l'influence du fantastique aimant fossilisateur.

Knet'ag arriva en bas, au ras du mouvement de terrain là où le sol en effet changeait d'aspect, ce qui devenait très net. A partir de là, on distinguait une étendue faite d'un minerai inconnu, d'un bleu rappelant la tonalité dominante de la planète, mais particulière, à la fois plus intense et plus trouble, correspondant à la zone meurtrière.

Râx, d'un suprême effort, à moins de trois mètres du sol, réussit à se maintenir à peu près à la limite du bas de la falaise, quoique descendant encore en spasmes frénétiques, emplissant l'air de son sifflement de mort.

Il allait tomber. Coqdor, qui arrivait en courant, roulant plus d'ailleurs qu'il ne marchait, le vit s'élancer, tendre les bras, agripper Râx pour tenter de l'attirer à lui, pour lui éviter le contact avec ce qui constituait semblait-il la frontière de la zone dangereuse.

Il réussit en effet à le saisir, à le supporter mais dans ce mouvement, d'un élan très spontané, il dut, pour maintenir son propre équilibre et continuer à soutenir le pstôr, avancer un pied et le poser vivement.

Sur le terrain plus bleu que le bleu, ce terrain dont les effluves changeaient les vivants en statues.

Coqdor eut un sourd grondement. Il se rua, parvint d'un effort à s'emparer de Râx que soutenait Knet'ag.

Il aida promptement le pstôr à se reposer sur le flanc du coteau tandis que d'une main il essayait d'arracher Knet'ag à sa position.

Un Knet'ag livide, se débattant les jambes écartées, l'une encore sur le bord rocheux où il ne risquait rien, l'autre malheureusement campée directement dans la zone mortelle.

Alors commença un nouveau duel avec ce sol monstrueux.

Coqdor, prenant bien garde à ne pas se laisser glisser, tirait Knet'ag de toutes ses forces et Râx, tirant la langue, regardant la scène, battait des ailes et saisissait le bras de Knet'ag entre ses crocs, délicatement mais fermement.

A eux deux, ils eussent aisément ramené le compagnon d'Arimaïla mais ce dernier râlait déjà :

— Ma jambe !... Ma jambe !...

Coqdor comprit. Il sentait la paralysie monter. Le simple contact, à travers la botte, se faisait sentir et le vampirisme du sol tentait de dévorer le jeune homme.

Le chevalier siffla vigoureusement. A cet appel, Râx répondit d'un effort, conjugué avec celui de Coqdor.

Le pstôr s'envola, se retourna en vol et, curieusement la tête en bas, maintenu dix secondes par le mouvement des ailes, déchira d'un coup de crocs la botte qui maintenait Knet'ag.

Il était temps ! Coqdor attira le garçon à lui et ils roulèrent sur le sol au bas de la falaise. Râx, qui n'eût pas tenu dix secondes encore, s'empressait de revenir lui aussi.

Et pendant deux ou trois minutes, les deux hommes et le pstôr restèrent là, soufflant, haletant, reprenant difficilement leurs esprits pour les uns et le calme infiniment moins cérébral pour l'autre.

Coqdor murmura :

— Mon pauvre ami...

Il examinait le pied nu de Knet'ag. La peau en était en grande partie arrachée, demeurant dans la botte. Une botte qu'ils regardaient maintenant avec une sorte d'horreur.

Parce que, comme plantée sur le bord extrême du sol infernal, elle avait déjà changé de couleur. Elle se stratifiait lentement et Knet'ag, avec un frisson rétrospectif, imaginait ce qu'allait être son sort au moment où Coqdor et Râx avaient enfin réussi à le libérer.

Mais eux-mêmes avaient frôlé la catastrophe et ils étaient tous épuisés.

Cependant, un peu après, ils revinrent vers le point où ils avaient laissé leurs compagnons. Les deux jeunes filles et les aspirants de l'astronef étaient inquiets. Ils le furent davantage en voyant Coqdor marchant péniblement, soutenant Knet'ag qui n'avançait qu'avec une jambe valide, et traînait son pied ensanglanté.

On le pansa à l'intracorol, vieux remède d'origine vénusienne, puissant et prompt cicatriseur et les trois rescapés se restaurèrent avant de prendre un peu de repos, non sans avoir narré ce qu'il venait de subir.

— S'il en est ainsi, dit Giovanna, le désert aux xtaïx est pratiquement inaccessible... sinon en canot-soucoupe... et ce procédé est exclu pour ne pas donner l'éveil aux Mathématiques !

— Et si nous prenions le temps de contourner la montagne ? proposa Jonson.

— Que de précieuses heures perdues ! Inab'dari est en péril !

— Alors ?

Coqdor avait une autre idée. Il demanda un battement de deux heures avant de mettre à exécution le test qu'il venait de concevoir.

Knet'ag songeait au xtaïx. Coqdor ne l'avait pas oublié, bien entendu, mais il gardait confiance et assura qu'on finirait bien par le retrouver.

Le chevalier s'endormit, las du grand effort

psychique qu'il avait dû fournir. Et Râx s'était blotti contre lui. Les autres respectèrent ce repos, devisant des divers moyens d'atteindre le fabuleux gisement.

Mais quand Coqdor s'éveilla, on lui signala l'absence de Knet'ag.

Arimaïla était particulièrement inquiète. Mais on ne tarda pas à se rendre compte de ce qui se passait.

Vers le massif montagneux, à peu près à la limite du plateau-cimetière, Knet'ag apparut. En plein vol.

Il était parti clandestinement du campement, non sans s'être soigneusement muni d'un sustentateur. Et maintenant, il évoluait, à très basse altitude, tournant, revenant, tournoyant encore et rasant le sol à plusieurs reprises.

— Mais que fait-il ? Lui qui est déjà handicapé avec son pied blessé ? s'étonna Giovanna.

Arimaïla voulait, elle aussi, partir à la recherche de son compagnon. Coqdor l'en dissuada :

— Je crois avoir compris... Il cherche tout simplement le xtaïx qui m'a échappé hier et que j'ai négligé de rechercher plus longuement, soucieux que j'étais justement de ramener Knet'ag ici pour pouvoir le soigner convenablement...

Les aventuriers demeurèrent donc en place, se contentant d'observer les évolutions de leur ami. Râx demeurait auprès de Coqdor, enveloppé dans ses ailes. Il paraissait dormir mais on savait qu'il était susceptible de réveils foudroyants et que nul ne pouvait le surprendre. Le pstôr devenait alors un combattant redoutable.

Auprès du chevalier les quatre jeunes gens ne dissimulaient pas leur inquiétude. Knet'ag risquait gros en s'approchant encore aussi imprudemment de ce terrain qui leur avait été décrit comme possédant une formidable puissance d'aimantation. De plus, ils pensaient toujours aux impitoyables Mathématiques et encore que la ruse assez grossière d'avoir fait ostensiblement éloigner les astronefs dans la direction opposée pouvait avoir quelque peu trompé l'ennemi, il fallait compter avec la logique difficilement réfutable dont faisait preuve en toute circonstance cette race incompréhensible.

Ils suivirent donc longuement le manège de Knet'ag.

Soudain, ils virent l'homme volant piquer brusquement vers le sol et disparaître à leurs yeux.

Arimaïla ne put dissimuler son émoi. Un cri angoissé lui échappa et Giovanna la prit affectueusement dans ses bras.

— Ne craignez rien, chérie... Il n'est pas tombé... Le terrain ne l'a pas absorbé... Il a dû apercevoir le xtaïx.

Et c'était bien cela en effet. Un instant après, ils virent l'homme d'Inab'dari reparaître faire le geste bien connu de déclenchement du sustentateur en pressant le bouton de la ceinture. Et il s'envola de nouveau.

Il monta, monta. Ils le voyaient et maintenant on savait que lui aussi les voyait de sa situation élevée.

Planant gracieusement, il brandit quelque chose, un point qui se mit à briller fortement aux rayons d'Epsilon.

— Le xtaïx !... Il l'a retrouvé !...

Quelques instants après, Knet'ag regagnait le camp et se jetait dans les bras d'Arimaïla.

Coqdor souriait, reprenant possession de la pierre magique que l'audacieux garçon avait fini par repérer en vol, distinguant au sol l'étincellement de la gemme encastrée dans une minuscule excavation mais frappée par l'irradiation de l'astre.

On respirait. Avec cet apport fantastique, la petite troupe se sentait plus forte.

Les deux femmes réconfortèrent Knet'ag, puis s'empressèrent de refaire son pansement. L'intracorol agissait il est vrai et déjà la cicatrisation du pied rongé par le vampirisme du terrain maudit était en bonne voie.

Mais il n'était plus question de s'attarder. Chacun pensait au salut d'Inab'dari, que les Mathématiques menaçaient. Maintenant qu'on avait pu apprécier les effets d'un xtaïx, il était aisé d'estimer quelle force représenterait une grande quantité de ces pierres contre l'invasion des Mathématiques.

Coqdor avait mûrement réfléchi.

Il ne pouvait être question de perdre encore du temps, plusieurs jours peut-être de la planète en cherchant à contourner le massif montagneux. D'autre part, la seule voie possible semblant bien traverser le cimetière infernal, la dernière solution était donc le franchissement en plein vol, mais à une hauteur convenable afin d'échapper à l'attraction du terrain.

On ne partit qu'après s'être bien entendu sur la tactique à adopter. Les cosmonautes formeraient une chaîne vivante, se tenant par la main. Les sustentateurs donneraient au maximum afin de monter à quelque mille mètres, le chevalier de la Terre estimant qu'à pareille altitude on échapperait aux radiations vampiriques.

Peut-être un homme volant isolé eût-il succombé. Mais Coqdor pensait qu'à eux tous ils se soutiendraient mutuellement. De surcroît, il se chargeait de prendre l'extrémité de la chaîne alors qu'Aligro, désigné pour être le dernier, serait lui-même soutenu par Râx, que Coqdor se chargeait de chapitrer en conséquence.

Ils s'envolèrent dans l'ordre suivant : Coqdor, Arimaïla, Jonson, Giovanna, Knet'ag, Aligro et Râx.

Théorie vivante qui monta en diagonale, gagna l'altitude calculée par l'homme aux yeux verts et commença à survoler le champ diabolique qu'Epsilon frappait maintenant depuis le zénith.

D'en haut, commençant à comprendre qu'en effet s'ils sentaient une vague attirance vers le bas c'était assez insignifiant et qu'ils ne risquaient rien, les aventuriers volants purent observer à loisir cette étendue où régnait la mort.

Une étendue azurée, aux tons transparents de porcelaine bleutée. Une mer figée où les nageurs immobiles à jamais, n'étaient que des idoles damnées enrobées de la merveilleuse lumière ambiante.

Giovanna jeta soudain un cri et indiqua qu'elle distinguait quelque chose de suspect à l'horizon.

Knet'ag et Arimaïla étaient payés pour savoir de quoi il s'agissait : une nuée vivante, un de ces monstres du ciel auxquels ils avaient échappé de justesse, grâce à la fois à Coqdor, à Râx, et à la bénéfique influence du xtaïx, ce xtaïx que Bruno conservait jalousement sur sa poitrine, dans une poche hermétique.

Ils accélérèrent l'allure. Le nuage évoluait capricieusement mais il était évidemment indispensable de l'éviter. La chaîne humaine flottait donc, très haut, surplombant le plateau où se tordaient comme des preuves douloureuses les restes figés des malheureux fossilisés tout vifs.

Sous leurs pieds ce sol qui ne pardonnait pas. Dans le ciel, cet autre démon informe et changeant, s'allongeant lentement en volutes menaçantes.

Ils volaient, ils allaient toujours. Ils se tenaient ferme, Coqdor emmenant sa troupe en plein ciel, en une théorie que Râx terminait, battant l'air de ses ailes immenses.

Le danger était partout. Mais devant ? Devant, qu'y avait-il ?

Ils passèrent ainsi au-dessus des crêtes clôturant la zone périlleuse. Epsilon flambait au zénith et l'étendue de la planète se baignait de ce bleu enchanteur contrastant furieusement avec les horreurs du satellite inconnu.

Mais ils découvraient, devant et au-dessous d'eux, une étendue désertique un immense terrain rocailleux hérissé çà et là de ces plantes hostiles qui semblaient constituer la majeure partie de la végétation planétaire.

Leur situation était difficile, dangereuse. Ils étaient épuisés, ils avaient tout à redouter.

Cependant, ils comprenaient qu'ils parvenaient enfin à leur but : la région où gisaient les pierres fantastiques.

Et de ce groupe d'humains volants, un grand cri de joie monta, plus haut encore, vers le ciel du Lion.

CHAPITRE VIII

Bruno Coqdor regardait pour la centième fois le parchemin que lui avait confié Arimaïla.

Sur une matière souple inconnue, des signes apparaissaient. Il ignorait l'idiome correspondant à ces hiéroglyphes. En revanche, les plans tracés lui semblaient très nets et il pouvait y reconnaître au moins une partie du relief de la planète inconnue, la zone qu'il lui avait été donné de traverser.

Ce parchemin, autre trésor précieux d'Inab'dari, était l'héritage du peuple virgonien, si avancé en technique. Coqdor y trouvait nettement l'emplacement du désert où il était parvenu avec la petite équipe. Ce désert impitoyable, pratiquement sans végétation, donc sans ombre et sans fraîcheur, proche semblait-il de l'équateur et où la chaleur atteignait un degré difficile à supporter.

Pourtant, le gisement devait être proche. Or il y avait maintenant deux jours et deux nuits

qu'ils avaient atteint la région, après le survol
des montagnes et du cimetière hanté de fantômes bleus. Ils avaient fouillé partout. Mais
rien ne précisait l'endroit où devaient stagner
les gemmes. Et celles-ci, naturellement dans
leurs gangues, demeuraient inapparentes.

Coqdor s'était concentré, s'axant sur le xtaïx
qu'il possédait. En vain ! Il avait, avec Arimaïla et les autres, interrogé le manuscrit virgonien. Tout cela en pure perte.

— Mon pauvre Râx... Tu as chaud, hein ?

Râx siffla douloureusement, levant vers son
maître un œil morne, tirant la langue à la mode
canine.

— Et comme nous, tu ne peux pas te débarrasser de ta pelure !

En effet, tandis que le pstôr restait là, enveloppé dans ses ailes comme si elles lui offraient
une vague protection contre l'ardent Epsilon,
les jeunes gens autour de Coqdor s'étaient tous
mis dans le plus simple appareil, ou presque,
tant la température était accablante.

Le chevalier de la Terre, à peu près nu lui
aussi, se tenait près d'un immense végétal à
gros piquants, un semblant d'ombre s'étendant
sur lui et sur Râx.

Il avait arpenté le désert pendant des heures,
étudiant soigneusement les moindres replis du
terrain. Alentour, les deux jeunes filles et les
trois garçons s'étaient évertués à trouver quelque trace du gisement. Mais partout ce n'étaient
que cailloux vulgaires, roches banales, sur un
sol sableux, cuit et recuit par l'astre dominant,
ne laissant vivre que ces rares et énormes évo-

cations de cactus, qu'on ne pouvait approcher tant les piquants étaient nombreux et d'ailleurs venimeux, provoquant de petites plaies et des démangeaisons insupportables. La plupart d'entre eux en avaient fait l'expérience.

Coqdor se leva. Il était soucieux. Il avait évité, depuis le départ de sa petite expédition, tout contact radio avec le *Fulgurant*. La prudence était de règle, les Mathématiques devant être en éveil, même s'ils n'avaient pas encore repéré les explorateurs du désert.

Cela même paraissait douteux à Coqdor. S'ils avaient sans cesse progressé au sol, peut-être auraient-ils pu échapper aux observations. Mais outre les évolutions aériennes de Knet'ag et de lui-même, il avait bien fallu utiliser les sustentateurs pour franchir les montagnes périlleuses et cette théorie humaine, oscillant en plein ciel, avait offert une cible parfaite pour des guetteurs. Sans compter, supposait l'homme aux yeux verts, que des gens aussi précis que les Mathématiques pouvaient disposer d'un système de radar absolu capable de détecter à très grande distance les présences humaines et leurs mouvements.

Il importait donc de ne plus perdre de temps.

Martinbras et son équipage devaient s'inquiéter. Tel qu'il connaissait le commandant de l'astronef, Coqdor pensait qu'à un certain moment, n'ayant pas de nouvelles, il se lancerait à la recherche des aventuriers, au risque de se dévoiler aux Mathématiques... si cela ne s'était pas déjà produit, ce qui était probable. Et pendant ce temps, l'armée spatiale de ce peuple était peut-être déjà en train d'investir Inab'da-ri.

Il ressassait sans cesse les mêmes pensées, se désolant de n'arriver à aucun résultat. Il rangea soigneusement le parchemin et repartit, une fois de plus, suivi bien entendu de Râx qui avançait auprès de lui, la langue pendante, de cette démarche titubante que lui donnaient ses ailes repliées permettant la progression au sol.

Autour de lui, il voyait les silhouettes des jeunes gens. Tous avançaient courbés vers le sol, scrutant les plus petites failles, se baissant fréquemment pour saisir et examiner un caillou, fouillant les crevasses avec un couteau, grattant le plus souvent à main nue, ce qui leur faisait des doigts sanglants, aux ongles meurtris.

Knet'ag, heureusement à peu près cicatrisé, avait pris le parti d'aller pieds nus, si bien que les autres l'avaient imité. Lui, il est vrai, avait une bonne raison, ayant laissé sa botte se fossiliser dans le cimetière aux idoles. Les deux filles avaient fait comme les hommes et Coqdor voyait leurs charmantes silhouettes que le soleil baignait de flammes bleues. Par instants, cette vision le distrayait de son souci et il se disait que, décidément, de galaxie en galaxie, de planète en planète, une jolie femme demeure une jolie femme. Dans leur nudité, s'exposant avec cran aux rayons brûlants d'Epsilon, elles gardaient leur bonne humeur et continuaient bravement la quête aux gemmes magiques.

Knet'ag était sans doute le plus anxieux de tous. Mûri à la fois par ses erreurs et par ses épreuves, il était de ces anciens délinquants convertis sur lesquels on peut fonder de grands espoirs. Il s'agit là de cas assez rares, dans tous les mondes, mais Coqdor avait une certaine expérience de la question (1). Il pensait que dans l'avenir, si on parvenait au salut d'Inab'dari, Knet'ag y reprendrait très honorablement sa place d'homme.

Aligro et Jonson rivalisaient de zèle, comme toujours. Coqdor voyait leur attitude avec un sourire. Il savait déjà qu'ils cherchaient sans cesse, l'un et l'autre, à briller aux yeux de Giovanna Ansen. Mais l'astronavigateur avait été jusque-là, en dehors des escales planétaires, la seule femme depuis le départ de la planète patrie. Maintenant, il y avait aussi Arimaïla et l'enjeu se trouvait doublé.

Un long moment, Coqdor recommença à participer aux recherches.

Ils n'avaient guère perdu de temps depuis qu'ils avaient mis le pied sur le sol du désert. S'éloignant des montagnes, se basant sur le parchemin virgonien, ils avaient ainsi parcouru une assez grande distance, avançant en formation éventail, revenant, tournant, ne négligeant aucun détail. Dès le lever du soleil, ils commençaient les recherches et ne cessaient pratiquement qu'à la fin du jour, quand la lumière bleue le laissait à celle des lunes.

Mais ce bleu devenait obsédant. Le sable lui-

---

(1) *Voir :* La planète de feu, *même auteur, même collection.*

même en prenait la tonalité. La rare végétation également et Coqdor voyait les corps nus, la grâce des filles, la musculature des garçons, dans une sorte d'aura azurée, assez seyante au premier abord, mais qui semblait bien artificielle à force de présence.

Il pensait avec mélancolie à son soleil, celui qui éclairait la Terre, celui aux rayons duquel il était né. Il eût souhaité voir cette belle jeunesse, dans sa splendeur charnelle, dans la pureté esthétique des lignes et des formes, sous la lumière d'or de l'astre patrie et se disait qu'ils lui eussent paru infiniment plus beaux les uns et les autres dans cette clarté glorieuse que dans le ruissellement désespérément bleu d'Epsilon sur ce monde déplaisant.

Il s'arracha à sa méditation. Il fallait agir.

Le chevalier jeta un coup d'œil à ses jeunes amis. Tous poursuivaient leurs recherches, sans souci de l'atroce chaleur. Il voyait Aligro qui brandissait un outil, sorte de pelle-bêche qu'il avait emmenée dans son équipement, et qui fouillait vigoureusement le sol, tandis que Knet'ag et Jonson, un peu plus loin, s'évertuaient à déplacer d'énormes pierres.

Arimaïla et Giovanna, elles, ne restaient pas inactives. Elles continuaient à chercher, se baissant fréquemment, grattant le sol, examinant la poussière. Vainement ! Tous et toutes s'épuisaient et aucune trace des xtaïx n'apparaissait.

Coqdor se mit en marche s'éloigna du petit campement. Il fit, en passant, un geste amical aux jeunes filles et poursuivit son chemin, le front plissé, visiblement hanté par une pensée vive, impérieuse.

Râx s'attachait à ses pas, voletant par instants tant la marche sur le terrain lui convenait peu.

Coqdor choisit un endroit parfaitement dénudé entre les arbustes hostiles qui dressaient leurs tiges hérissées de pointes. Il n'y avait presque pas de cailloux. Tout était un sol assez sableux par plaques, mais en général plutôt dur.

Un instant, Bruno Coqdor s'immobilisa, ferma les yeux, comme lorsqu'il s'apprêtait à se mettre en état de recherche médiumnique.

Puis, en gestes mesurés, il ôta le peu de vêtements qui lui restait et, parfaitement nu, se baissa, s'étendit, à plat ventre, les bras allongés au-delà de la tête, sous l'œil attentif de Râx. Et le pstôr, parfaitement harmonieux avec l'homme, ne bougeait pas.

Coqdor sentait le sol brûler sous lui, meurtrissant sa poitrine, son ventre, ses cuisses. Mais que lui importait !

Il cherchait le contact, mieux, le baiser de ce sol d'hostilité, de cette planète ennemie, à laquelle les hommes avaient refusé de donner un nom.

Il la savait vivante, comme sont vivantes toutes les planètes, comme vivent tous les astres tournant harmonieusement à travers le cosmos, selon le plan divin.

Il s'unit intimement à cette terre.

Un feu montait du sol, embrasant l'homme,

comme le meurtrissait de ses flèches de flamme le soleil d'Epsilon.

C'était une fureur, un déchaînement. Contre lui ? Peut-être pas. Il savait se mettre en accord avec la nature, toujours puissante, violente, mais aussi toujours prête à la fécondité.

Toute sa chair était irradiée de ce brasier total. Et il sentait avec une étrange volupté sa virilité s'affirmer dans l'étreinte qui l'unissait à la planète.

Ce fut en lui une montée fulgurante, un déchaînement irrésistible de tout son être. Il était dynamisé, survolté, enivré par ce qu'il ressentait.

La terre, le sable, maculaient tout son corps, emplissaient sa bouche, ses narines, ses oreilles. Ses mains fouissaient la masse du sol et il y plantait ses ongles. Et en soubresauts furieux, il pénétrait charnellement l'astre dans son total.

Râx sifflait sur un mode étrange, ressentant sans doute, lui aussi, le spasme qui agitait Coqdor.

Doucement, silencieusement, Giovanna et Arimaïla s'étaient approchées.

Curieuses comme toutes les femmes de tous les univers, elles avaient été intriguées par son comportement. A présent, la gorge sèche, les yeux agrandis par une étrange curiosité, elles regardaient, sans oser bouger.

Lui parvenait maintenant à l'apogée du plaisir. Un plaisir qu'il ne cherchait pas gratuitement, développant dans la frénésie de ce stupre d'un genre inédit le mystère interne de sa force médiumnique.

Un flux monta en lui comme or en fusion et il posséda littéralement cette terre qui, jusque-là, n'avait été que stérilité et cruauté, puis un râle triomphant monta de ses lèvres, faisant frissonner le pstôr, créant des frissons voluptueux chez les deux jeunes femmes, témoins muets et passionnés d'un tel orgasme.

Seulement, à l'instant suprême, il avait réussi ce qu'il cherchait.

Dans le déchaînement absolu, le médium avait eu la primauté et des visions fugaces autant que précises naissaient en lui, lui révélant le secret de ce désert de désespérance.

Il se releva, encore étourdi, ruisselant du sable qui s'attachait en plaques à son corps athlétique.

Mais il haletait de joie, et ses yeux verts brillaient plus que jamais.

Le mâle nu se relevait de la femelle domptée. Une planète entière qui, dans la volupté, venait d'achever de déchirer son voile.

Giovanna et Arimaïla l'entendirent gronder, comme un cri de victoire :

— Je sais !... Je sais !... J'ai vu !

Râx battit des ailes en sifflant de joie. Coqdor parut sortir de son éblouissement, tapa amicalement sur le crâne du pstôr qui cabriola autour de lui. Et il aperçut les deux jeunes filles.

Il leur sourit, leur tendant les mains.

— Je sais, dit-il. Je sais où est le gisement !

Il les saisit chacune par une main, se mit à courir vers le point où les garçons s'acharnaient

4

à creuser le sol, les entraînant dans cette ruée frénétique, et le pstôr Râx volait au-dessus d'eux.

Un instant après, abandonnant les recherches en ce lieu, ils ramassaient hâtivement leurs équipements et, sans se soucier du terrible soleil, partaient, guidés par Coqdor, vers le lieu qui lui avait été révélé dans la plus audacieuse des caresses.

CHAPITRE IX

— C'est ici !...

Coqdor était épuisé. La dernière marche avait été difficile. Mais il touchait au but et, d'un geste large, montrait enfin aux jeunes gens l'emplacement du filon.

Un hurlement général monta. Tous ruisselaient de sueur, étaient souillés de poussière. Ils avaient les pieds en sang, étaient courbatus, saisis de crampes, haletaient et n'avançaient plus que péniblement. Mais ils avaient tous confiance en l'homme aux yeux verts et ils manifestaient leur satisfaction. Il avait dit : « C'est ici ! » Et nul ne pouvait en douter.

Ils auraient voulu, malgré leur fatigue, se ruer sur ce sol brûlant. Mais, une fois de plus, le sage Coqdor les en dissuada. Il fallait se reposer un peu, se mettre en état pour commencer la prospection.

Tous se rendirent à de telles bonnes raisons et un petit camp s'organisa.

Cependant, ils n'en examinaient pas moins le lieu où les avait conduits la prestigieuse médiumnité du chevalier de la Terre. Et lui disait que c'était bien l'endroit correspondant à la vision qu'il avait réussi à faire naître en lui en osant s'unir à la planète.

Le désert toujours ! Pierrailles et sables à perte de vue. Mais en ce point les énormes cactées s'aggloméraient en une sorte de petite forêt sans feuilles. Les tiges, lourdes, agressives, montaient vers le ciel, serties d'innombrables épines. De ces épines que quelques-uns des cosmonautes avaient pu apprécier, tant elles étaient à la fois acérées et venimeuses.

La nature semblait avoir voulu justement protéger le gisement en y faisant croître ces végétaux, rares dans la contrée, mais en les groupant sur le sol même recelant l'incomparable trésor.

Pour y parvenir, Coqdor avait usé d'une boussole particulière : le xtaïx que lui avait remis cette fille inconnue de Léo IX.

Certes, il gardait en lui la vision précise du lieu désigné. Mais il avait eu besoin de ce guide fidèle, le conservant dans sa main crispée. Et des fluides mystérieux n'avaient cessé de le traverser au cours de cette dernière randonnée, l'aidant fortement à ne pas dévier de la bonne route. Après des heures et des heures, marchant partie la nuit et partie sous le grand soleil

Epsilon, ils avaient fini par entrevoir de loin le groupe de cactées géantes.

Après deux heures de repos, environ, alors que le crépuscule était encore assez éloigné, on se mit au travail.

Tout de suite, ils éprouvèrent des difficultés. Les plantes à venin n'étaient, semblait-il, pas là par un hasard absolu. Elles tenaient le rôle de ces dragons qui, dans toutes les fables de tous les univers, veillent sur les trésors et en défendent l'accès aux audacieux venus pour les conquérir.

Des gemmes, oui, il y en avait. On commençait à savoir les détecter en dépit de leurs gangues, façonnées d'une terre spéciale. Avec un peu d'entraînement, les jeunes gens parvenaient à les situer dans l'étendue du sol.

Seulement, un peu partout, ces petits conglomérats se trouvaient entre les racines des cactées si bien que pour aller les quérir il fallait véritablement affronter le contact des dures épines.

Aligro, le premier, fut blessé. Plusieurs de ces dards empoisonnés avaient déchiré le bras de l'audacieux. Son sang coulait et les filles se hâtèrent de le panser à l'intracorol.

Bruno Coqdor avait cependant multiplié les conseils, leur montrant le péril mais tous brûlaient de s'emparer des gemmes fantastiques.

Aligro grimaçait, moins sans doute de ses plaies que du prurit déjà engendré dans tout son corps par le poison que sécrétaient les plantes.

Knet'ag, irrité, cherchant à éviter le frotte-
ment avec un énorme cactus qui paraissait en-
serrer dans des racines énormes une véritable
théorie de petites boules de terre renfermant
de toute évidence des xtaïx, avait pris le parti
de se servir d'une hachette.

Il commença à trancher les racines, à frapper le végétal à la base.

C'est alors qu'il se produisit un phénomène
assez spécial, un de ces effets propres à la planète inconnue, agissant singulièrement sur l'esprit des aventuriers qui offensaient son sol.

La plante se mit à gémir.

A chaque coup de hachette correspondait une
sorte de cri bizarre, montant on ne savait comment de la plante elle-même. Et on voyait la
masse vert-bleu, l'énorme tronc hérissé de piquants qui frémissait, qui oscillait, si bien que
Knet'ag, en dépit d'un bond en arrière ne put
lui non plus éviter le contact. Il fut cruellement
piqué, déchiré, et son sang écarlate se mêla à
un liquide de la tonalité générale de la plante,
qui en jaillissait comme si le végétal blessé
saignait lui aussi, hurlait sa souffrance et se
défendait comme il pouvait.

Alors la rage saisit Knet'ag. Une rage que
Aligro, qui échappait aux mains de ses infir-
mières, partageait aussitôt. Une rage qui s'em-
parait également de Jonson, lequel avait, de
son côté, ramassé quelques gangues, mais dé-
sespérait de pouvoir en saisir une bonne quantité curieusement blotties à l'abri d'une autre
de ces monstrueuses cactées.

Tous trois, avec les instruments contondants et tranchants de leur équipement, se lançaient contre ces démons végétaux. Ils frappaient avec fureur, s'acharnant ensemble contre une même plante. Presque nus sous le soleil qui commençait à décliner et mêlait ses pourpres au bleu ambiant, on les voyait, ruisselant de sang, grinçant des dents sous la douleur que leur occasionnait l'inévitable contact des piquants, frapper à coups redoublés les cactus titanesques, lesquels râlaient de colère et de souffrance, exhalant ces lugubres cris incompréhensibles, vibrant véritablement sous les coups et tombant par moments, d'un seul bloc, comme pour écraser l'un de ces sacrilèges.

Jonson évita ainsi une chute qui lui eût été fatale, Knet'ag ayant réussi à le tirer en arrière au bon moment. Jonson, furieux, porta un dernier coup au végétal abattu, qui se vengea suprêmement en faisant gicler sur lui ce qui constituait son sang, ce liquide empoisonné, corrosif, analogue à ce venin qui enduisait les épines.

Mais tous trois, repoussant les débris de la plante massacrée, arrachaient du sol libéré les précieuses gangues et les amenaient triomphalement à Coqdor et aux deux jeunes femmes.

Eux, à leur tour, grattaient la terre, faisaient éclater cette amande minérale, et alors on voyait petit à petit apparaître la pureté du joyau, le miraculeux xtaïx sorti vierge du sein de cette planète que Coqdor avait possédée.

Après cette première moisson, et jusqu'au

coucher du soleil, ils se remirent à l'ouvrage. Cette fois, Arimaïla et Giovanna refusèrent de demeurer passives, d'autant que Coqdor, peu habitué à rester inactif et à regarder lutter et travailler les autres, s'était mis de la partie.

En vain, les quatre hommes essayèrent-ils de freiner leurs compagnes. Elles avaient saisi des outils elles aussi et se battaient avec les végétaux. Si bien que ce fut une étrange mêlée, six humains bien outillés, couverts de sueur, de sable et de sang et aussi du fluide émanant des plantes infernales, qui frappaient, frappaient avec fureur sans souci des myriades de plaies que leur causaient ces étranges corps à corps, sans souci surtout des démangeaisons qui ne tardaient pas à succéder à l'impact des épines.

Giovanna à son tour manqua d'être écrasée par un cactus. Elle ne dut son salut qu'au fait que Coqdor, assez éloigné, vit le péril et ne pouvant intervenir lui-même, envoya une pensée violente dans l'esprit de Râx.

Le pstôr, qui assistait à ce combat sans précédent, déploya ses ailes, se lança d'un bond, saisit l'astronavigateur par un bras et l'enleva littéralement à la seconde même où la plante torturée croulait sur l'audacieuse jeune femme.

Elle remercia le pstôr d'un baiser sur le mufle et se remit à l'ouvrage, en compagnie d'Arimaïla, laquelle était saisie d'une véritable fièvre.

Ainsi, elle allait posséder une quantité impressionnante de xtaïx. Elle reviendrait vers Inab'dari en compagnie de Knet'ag, et ils sauraient utiliser les gemmes, et ils repousseraient, à jamais espérait-elle, les incursions de la race diabolique des Mathématiques.

Enfin, le soir vint. Ils abandonnèrent la lutte et la quête. Le cercle des cactées était dévasté et de nombreuses plantes, tronçonnées par les haches et les couteaux, gisaient sur un sol piétiné, bouleversé, où stagnaient à la fois les flaques immondes attestant le fluide empoisonné des végétaux, parmi des taches brunes, là où le sol avait bu le sang coulant des plaies des courageux humains.

Des humains qui pansaient leurs blessures, riaient nerveusement, s'aidaient mutuellement à se soigner, et ne pouvaient s'interdire de se frictionner, de se gratter avec fureur, tant le venin les avait intérieurement souillés, occasionnant cet infernal prurit.

Toutefois, Coqdor pensait que les effets d'un tel toxique ne devaient pas excéder quelques heures et l'expérience lui donna raison. On fit un repas de vitamines et de quelques concentrés, arrosé d'eau alcoolisée. Et ce fut la nuit.

Bruno Coqdor dormit un bon moment, enveloppé dans les ailes de Râx qui ne le quittait pas. Quand il se réveilla, les lunes glissaient encore dans le ciel, très dégagé. Il y avait des millions d'étoiles. Le silence régnait sur le désert et il pouvait apercevoir, dans la clarté lunaire aux tons d'acier, le bouquet de cactus déchiquetés, témoin de ce duel entre l'homme et le végétal.

Près de lui, dans un sac, il y avait les xtaïx.

Lui gardait précieusement l'original, celui qui l'avait déjà tellement servi. Mais il estimait à plusieurs centaines de pierres la moisson du jour précédent. Sans doute, pendant quelques heures, pourrait-on en glaner à peu près autant. Ensuite, il faudrait se remettre en marche, refaire en sens inverse le pénible cheminement qui les avait amenés jusque-là et, toujours sans utiliser la radio afin d'éviter d'alerter les Mathématiques, rejoindre tant bien que mal l'astronef.

Puissance des xtaïx ? Une dynamisation exceptionnelle de l'être vivant qui l'utilisait. Un homme prenait alors des forces insoupçonnées, se trouvait enrobé dans une sorte d'armure luminique à la puissance remarquable. Un animal convenablement dirigé par un maître disposant du xtaïx pouvait lui aussi, et Râx en avait donné la preuve, disposer de pouvoirs analogues.

Quelle que soit la force mathématique, Coqdor pouvait donc estimer qu'il possédait maintenant de quoi sauver Inab'dari, et peut-être d'autres mondes par la suite de l'envahissement de ce peuple insensible et désespérément logicien.

L'aube naissait à peine. Râx bâilla, s'étira, se roula un peu dans le sable.

Coqdor promena ses regards alentour.

Malgré la faible visibilité, il distinguait les couples. Parce que, après la folle aventure, après le rude combat, une détente se révélait nécessaire et, entre ces hommes et ces femmes jeunes, enthousiastes, téméraires, des liens se

créaient qui trouvaient promptement leur con-
sécration.

Le chevalier de la Terre n'en était point jaloux. Il avait connu lui aussi mainte rencontre
féminine. Et maintenant, il y avait Exdokia, la
belle Gréco-Terrienne qui l'attendait, là-bas, sur
la planète patrie (1)...

Il devinait plus qu'il ne voyait, à l'ombre
burinée des lunes, un couple enlacé. Après une
collaboration étroite et de pure camaraderie,
Arimaïla, éperdue de joie d'avoir enfin trouvé
les xtaïx, avait attiré Knet'ag à elle. Et les deux
enfants d'Inab'dari s'étaient unis dans cette
nuit païenne.

D'autre part, il y avait Giovanna et Aligro.
Tout laissait croire à l'homme aux yeux verts
que la jeune cosmonaute avait, elle aussi, ouvert les bras à son soupirant, un Aligro qui,
bien sûr, ne demandait que ça.

Coqdor s'amusait de ces découvertes, à vrai
dire peu faites pour le surprendre, lui le psychologue patenté qui, chargé de trouver le
contact avec les peuples du cosmos, avait commencé par faire ses classes parmi les hommes
et les femmes de la Terre.

Il pensa à Jonson. Il l'entrevoyait, lui aussi,
solitaire, couché près de l'amas d'équipements
et il pensa que le jeune homme pouvait être
un peu amer. Après tout, lui aussi courtisait

---

(1) *Voir :* Les Incréés, *même auteur, même*
collection.

Giovanna depuis un bon moment. Sans doute avait-elle profité de l'euphorie de la victoire pour choisir...

Bruno caressait Râx qui, comme à chaque réveil, se blotissait contre lui et lui léchait allègrement le nez en guise de bonjour.

Et puis il promenait ses regards sur cet étrange paysage et revenait au sac contenant l'incroyable trésor.

— J'ai donné ma semence... mais j'ai atteint au sublime médiumnique et j'ai reçu la révélation...

Il vit, un peu après, Jonson qui se levait, faisait quelques mouvements pour se désankyloser, venait tranquillement vers lui. Il remarqua que l'aspirant jetait un regard au couple Giovanna-Aligro, qui reposait. Jaloux ?

Il sut bientôt qu'il n'en était rien. Ils parlèrent de chose et d'autre, doucement, pour ne pas éveiller leurs compagnons. Quelques paroles çà et là, l'attitude de Jonson divertirent fortement le chevalier aux yeux verts. Non ! Jonson n'avait pas à être jaloux. Il avait eu sa part, voilà tout. Et Bruno Coqdor admira une femme qui avait su ne faire aucun malheureux par un jugement à la Salomon.

Seulement, alors que l'aurore commençait à se manifester, Coqdor cessa de s'abandonner à des pensées aussi folâtres.

Râx donnait des signes d'inquiétude. Il commença à siffler sur un mode particulier que Bruno savait parfaitement interpréter.

— Danger ! Danger venant du ciel !

Il bondit, appela Jonson. Ils regardèrent tous les deux. Râx, dressé sur ses pattes postérieures, puissantes et griffues, humait l'air et commençait à battre des ailes sans s'envoler pour cela.

— Qu'est-ce que tu as aperçu, mon beau Râx ?

— Là, chevalier !... Vers le sud... Sur l'horizon !

— Les nuées vivantes !

Il avait instinctivement crié très fort, ce qui réveilla les deux couples, perdus les uns dans les autres dans ce sommeil heureux qui suit la volupté.

En un instant, il vit près de lui Giovanna et Aligro, Knet'ag et Arimaïla, parfaitement nus, mais prêts à toute éventualité.

La lumière montait et le paysage commençait à passer de la clarté d'acier des lunes au bleu transparent qui ne ferait que croître avec le jour.

— Les nuées vivantes !

— Mais que font-elles ?

— Elles attaquent ! Elles attaquent... au sol !

— Des hommes !

— Nos amis !... Ceux de l'astronef !

— Parbleu ! Martinbras affolé de ne pas avoir de nos nouvelles, a envoyé un commando à notre recherche !

— Et les nuages maudits leur tombent dessus !... Amis ! Nous avons les xtaïx ! Prenez-en chacun un maximum... Passez les sustentateurs ! Et suivez-moi !

Ils ne tardèrent pas et bientôt une colonne humaine s'élevait, fonçait vers le zénith, irradiant de la splendeur des gemmes magiques, au secours de ces frères humains en détresse.

CHAPITRE X

Les nuées avaient repéré leurs proies : un groupe humain en marche.

Monstres aériens, entités mystérieuses, géantes bactéries multiformes nécessitant pour survivre une absorption régulière de vitalité, elles avaient depuis longtemps dévasté la faune, d'ailleurs assez rare, du satellite d'Epsilon. Fréquemment, elles s'en prenaient aux végétaux, hormis les géantes cactées qui savaient fort bien se défendre.

Plusieurs fois, au cours de l'histoire, elles avaient disputé les victimes humaines au plateau infernal fossilisateur. Mais ce sol maudit avait eu droit de cité et les nuées avaient dû refluer, incapables désormais de se rassasier de ces êtres rapidement stratifiés.

Maintenant, c'était une aubaine pour les démons nébulosoïdes. Une troupe de cosmonautes. Une femme qui allait en tête, devant une douzaine d'hommes, bien armés, sans doute, mais peu équipés malgré cela pour résister à l'insidieuse pénétration du nuage au psychisme envahissant.

La masse aux coloris chatoyants descendait lentement. Elle s'étendait comme un félin voluptueux occultant le soleil et jetant son ombre sinistre sur les aventuriers. Elle semblait prendre son temps, sûre déjà de sa victoire, se réjouissant à l'avance du festin futur.

Les volutes colorées se tordaient avec grâce, créant mille figures inédites et toujours renouvelées. C'était un formidable démon qui semblait croître sans cesse, qui prenait toute l'étendue céleste au-dessus du point où se trouvaient ces créatures qu'il convoitait.

Avaient-ils conscience du danger, ces explorateurs du satellite ? Oui, sans doute, car ils manipulaient déjà leurs armes, car ils prenaient des dispositions, aux ordres de la femme marchant en tête et qui paraissait être leur chef.

Ils ne devaient pas, dans ce cas, négliger le moindre détail car l'entité ne pardonnait pas et le combat serait rude, très certainement.

Et puis il se produisit ce qu'on n'attendait pas.

Une grappe humaine parut dans le ciel : quatre hommes et deux femmes, nus ou à peu près, ne portant sur eux que l'équipement nécessaire à la sustentation, le dispositif antigrav. Une bête curieuse, un hybride venu d'on ne savait où, les accompagnait.

Ils avançaient à grande vitesse et un observateur rapproché eût été surpris sans doute de

les voir souriants, heureux en apparence, nullement angoissés à l'idée d'approcher les nuées
vivantes dont, peut-être, ils connaissaient les
terrifiantes mœurs.

Les humains volants piquaient en effet droit
sur le nuage mortel.

D'en bas, les cosmonautes devaient s'éton-
ner, voyant arriver ce secours inattendu, encore qu'un commando aérien, si entraîné et si
vaillant fût-il, paraissait avoir bien peu de
chances de réduire un ennemi aussi titanesque,
aussi redoutable que les nébulosités psychiques
désolant le satellite.

Mais l'aspect général de l'engagement changea, juste au moment où la théorie volante
allait atteindre le nuage.

Les six êtres en état d'antigravité brandis-
saient tous quelque chose d'une main, sans
qu'on puisse distinguer du sol ce qu'ils tenaient
ainsi, mais presque aussitôt des feux, des étincelles, parurent jaillir de ces six mains ten-
dues.

Epsilon faisait naître des féeries adaman-
tines, rutilantes, esmeraldines, contrastant avec
les torrents de clarté azurée qui se déversaient
habituellement sur le planétoïde.

Et cela ne dura pas car presque aussitôt ce
ne furent pas seulement des gerbes scintillantes
qui apparurent mais des phantasmes gigantesques, s'enchevêtrant, s'entrecroisant, se che-
vauchant, se mêlant intimement pour se sépa-
rer, se disperser, se rejoindre, se détacher mutuellement encore au fur et à mesure que les
six humains évoluaient, en une formation qui

gardait une certaine discipline. On aurait pu voir, en effet, que tous manœuvraient pour encadrer l'animal ailé dont les ailes de chiroptère battaient l'air sans cesse. Et c'était autour de lui la ronde incessante de ces singuliers combattants.

La nuée vivante, peut-être, obscurément consciente d'avoir affaire à un adversaire redoutable, paraissait se recroqueviller comme si les franges nuageuses essayaient d'éviter le contact, moins sans doute avec des créatures de chair dont elle n'eût fait qu'une bouchée, qu'envers les images holographiques immenses qui arrivaient subitement dans le ciel.

Des oiseaux, mais des oiseaux magiques, des oiseaux de féerie, éclatant de lumières colorées, de fulgurances inconnues.

Et le commando, véritablement serti de l'immense et impalpable vision (car ce n'était qu'une vision) se rua littéralement sur le nuage vivant alors que ce dernier renonçant à s'abattre sur le groupe au sol, essayait de refluer, amorçant déjà une retraite.

La nuée ne put échapper à l'engagement.

Et les six, encadrant toujours la bête ailée qui présentait le centre de la formation, irradiant des fantastiques hologrammes dont la splendeur donnait le vertige, se précipitaient bravement dans le sein même du monstre aérien.

Ils piquaient dans le nuage, le traversaient, le trouaient, moins certainement par leur masse intrinsèque qu'en vertu de cette aura prodi-

gieuse qui leur faisait une armure intangible
mais aux effets surprenants.

Et la nuée paraissait souffrir. Chaque pénétration d'un membre du commando devait lui
occasionner une souffrance nouvelle, comme
s'il s'agissait d'une blessure.

De véritables soubresauts l'agitaient. Elle se
tordait comme un reptile torturé, elle avait des
spasmes de suppliciée, des convulsions de pa-
tiente. Mais rien ne devait la sauver d'une telle
attaque et elle ne cherchait maintenant son
salut que dans la fuite.

Mais les six s'acharnaient. Ils poursuivaient
leur lutte, sans souci des atteintes de l'adversaire, le nuage en effet se défendant en tentant de les circonvenir mentalement, en en-
voyant en eux des ondes lénifiantes, subtiles
comme des caresses, pernicieuses comme des
drogues.

Ils le savaient, ils le sentaient. Mais ils le
disaient tout haut tout en continuant cette
voltige belliqueuse. Ils se soutenaient mutuelle-
men contre l'envahissement psychique, ils faisaient refluer l'infiltration mystérieuse qui tentait encore de les perdre en perturbant leurs
cerveaux.

C'était là peut-être pour les humains volants
le plus dur du combat, la danse prestigieuse
dans le vide n'étant qu'un jeu alors qu'il leur
fallait repousser ces forces malgré tout excep-
tionnelles cherchant à tout prix à les séduire
pour mieux les dominer et les attirer dans un
piège sans merci.

Cela dura très longtemps. La nuée vivante

demeurait encore puissante mais les humains, protégés par les oiseaux de soleil, résistaient aux assauts pénétrants tout en continuant à trouer littéralement l'immensité du nuage.

Ce dernier était torturé, déchiqueté. Des fragments nébuleux commençaient à s'effilocher alors qu'habituellement tout ne faisait qu'un. Et, comme des épaves, comme des cadavres au fil de l'eau, c'étaient des bribes de la nuée qui partaient à la dérive aérienne.

Crevant, piquant, hurlant de joie, se criant des encouragements, s'efforçant jusqu'au bout de réduire à néant les derniers flux mentaux avec lesquels la nuée cherchait à les réduire, triomphants dans leur nudité de gymnopèdes, ils n'arrêtèrent de s'acharner sur le formidable adversaire que lorsque celui-ci, désemparé, mutilé, vaincu, s'enleva soudain en un formidable soubresaut, se ramassa en une nuée sombre, presque noire, qui roula sur elle-même et s'enfuit vers l'horizon avec une surprenante rapidité.

Il n'y avait plus, dans le ciel plus que bleu du satellite, dans le flamboiement d'Epsilon du Lion, que le commando formé des six humains et de la bête volante, sertis d'une miraculeuse auréole faite de six oiseaux de soleil, impalpables et magnifiques, irréels et majestueux, vainqueurs sans équivoque d'un des plus redoutables monstres de cet astre redoutable.

Pendant un instant, la petite armada se livra à une démonstration frénétique de satisfaction. Autour du monstre ailé et d'un homme un peu plus mûr en apparence, cinq jeunes gens, garçons et fille, cabriolaient littéralement, exécutaient un véritable numéro de voltige, utilisant l'antigrav qui permettait toutes les fantaisies, les positions les plus capricieuses. Exubérants, pleinement heureux d'un tel exploit, ils se libéraient ; ils se livraient sans contrainte aux ébats les plus excentriques.

Mais Bruno Coqdor les rappela à l'ordre ·

— Allons ! Assez de bêtises ! Rejoignons nos amis !

Ce qui eut pour effet de stopper immédiatement les folies du petit groupe.

Jonson, qui avait la tête en bas et riait très fort, ce qui est assez difficile dans une telle position, se hâta de reprendre une stabilité plus en accord avec la nature humaine.

Et tous commencèrent à descendre afin de rejoindre le commando qu'ils venaient de sauver des atteintes du monstre nébulosoïde.

Au fur et à mesure qu'ils se rapprochaient du sol, ils commençaient à éprouver, les uns et les autres, une sensation bizarre.

Ces humains ? Mais étaient-ce bien leurs compagnons du *Fulgurant* envoyés par le commandant Martinbras ?

Etaient-ce réellement des humains ?

Ces armures aux tons argentins ? Ces allures quelque peu figées ?

Que se passa-t-il dans l'esprit de Coqdor ? Une idée foudroyante. Ce n'était pas encore en lui la certitude mais un singulier soupçon.

— Râx... Mon beau Râx !

Le pstôr se mit à voleter autour de lui, en cercles réguliers. Et Coqdor lui parlait mentalement, et les cerveaux de l'homme et de la bête s'étaient mis en harmonie.

Les autres s'écartaient instinctivement, laissant Bruno Coqdor et son fidèle à ce dialogue muet.

Brusquement, on vit Râx exécuter un véritable bond dans l'espace. Il s'éleva, tourna quelques secondes au-dessus du groupe volant et piqua tout droit, avec une rapidité subite, s'éloignant à tire d'ailes dans la direction des montagnes et de la contrée diabolique où se trouvait le sinistre cimetière aux fantômes bleus.

Il avait déjà disparu lorsque le petit groupe toucha le sol.

Déjà, ils avaient la certitude que ces humains aux allures de robots n'avaient rien de commun avec les cosmonautes du *Fulgurant*.

— Je veux les voir... leur parler, dit Coqdor. Après tout, nous venons de les aider sérieusement... Je puis même dire que nous leur avons sauvé la vie !

Arimaïla, posant le pied sur le sol, avait réalisé :

— Chevalier... chevalier Coqdor..., ce sont...

— Oui, Arimaïla, je sais...

— Les Mathématiques ! gronda Knet'ag. Ceux que nous venons d'arracher aux nuées vivantes...

— Mais ce sont vos ennemis ! s'écria Giovanna. Eh bien, voilà un fait d'armes à porter au crédit d'Inab'dari autant que des Terriens ! Nous sauvons l'ennemi d'un monstre fabuleux !

Seulement, l'exclamation joyeuse de la jeune fille n'eut guère d'écho. Tous regardaient venir le groupe des Mathématiques.

Même ceux d'Inab'dari n'en avaient jamais vu de si près. Ils avançaient, avec régularité, avec cette marche souple, nette, qui produisait cependant un malaise à qui l'observait tant cela paraissait échapper à la norme humaine.

En tête, une femme. Une femme de petite taille, aux traits tellement réguliers qu'ils en devenaient artificiels, bien loin de cette dissymétrie qui caractérise (au sens vrai du mot) la personnalité d'un être humanoïde. On n'y découvrait nulle différence entre les deux parties du visage qui paraissait avoir été dessiné par un artiste consciencieux soucieux avant tout de l'équilibre parfait, sans ces fantaisies de la nature qui attestent les heurts et les contradictions, le doute et la foi, la force et la sensibilité, l'amour et la haine, la vertu et la passion, l'ensemble prodigieux de ce qu'on nomme une âme et dont le faciès est le reflet pour qui sait voir.

Cette morphologie trop parfaite paraissait se retrouver dans le corps, rigoureusement équivalent lui aussi dans ses deux côtés, dans la dualité des organes.

Tous, fascinés, regardaient cette femme. Une Mathématique !

Derrière elle, une douzaine d'hommes. Si on pouvait vraiment les nommer ainsi. On retrouvait chez eux cette même régularité qui devenait gênante. Si bien qu'ils se ressemblaient tous. On pouvait presque les confondre tant les dif-

férences d'un individu à l'autre étaient mini-
mes. Même taille, même tête, même pas, allure
et silhouette absolument semblables on pouvait les assimiler à des mécaniques soigneusement réalisées par des techniciens scrupuleux,
eux-mêmes inspirés par des dessinateurs qui,
en conscience, n'avaient eu d'autre souci que de
fabriquer des créatures parfaites à l'extrême.

Coqdor regardait venir vers lui les représen-
tants de ce peuple à nul autre pareil, et dont
il n'avait jamais rencontré exemple analogue
au cours de ses nombreuses randonnées interplanétaires et interstellaires.

La jeune femme s'avança, s'arrêta net.

Les hommes, derrière elle, s'arrêtèrent aussi,
avec un automatisme évoquant une parade de
petits soldats dans un film d'animation.

Et elle parla.

D'une voix nette, mais monocorde. On eût
dit que cette personne n'avait jamais rien res-
senti, qu'elle était en dehors de toute passion.

— Vous avez vaincu le nuage vivant, humains, dit-elle. Soyez-en remerciés !

Les jeunes gens, ceux de la Terre et ceux
d'Inab'dari, frères et sœurs d'une même race
encore qu'ils soient nés sous des soleils bien
différents et à des années-lumière les uns des
autres, se regardaient, partageant un même
ébahissement, et il y avait aussi dans leur stupéfaction une vague inquiétude.

Bruno Coqdor s'inclina.

— Madame, dit-il utilisant le code spalax
que la Mathématique paraissait posséder parfaitement, croyez que nous sommes heureux,

mes amis et moi, de vous avoir rendu ce service, parfaitement naturel, parfaitement dans la ligne de la solidarité humaine qui unit toutes les créatures du cosmos en une même fraternité !

Elle écouta sans broncher ce petit discours. Coqdor s'était laissé entraîner et il se dit tout à coup qu'il avait parlé avec un peu trop d'élan, trop de logomachie envers des gens qui, bien qu'ils soient évidemment charnels, évoquaient plus des machines que des êtres.

— Vous vous êtes servis des xtaïx, reprenait la voix incolore.

— C'est exact, répondit le chevalier de la Terre, se demandant où elle voulait en venir, encore qu'un vague soupçon commençât à naître en son esprit.

— Voulez-vous nous remettre ces pierres ?

Arimaïla, Knet'ag et les trois jeunes Terriens bondirent.

— Donner les xtaïx ! Jamais !

Coqdor leur fit signe de s'apaiser, mais ils étaient furieux et donnaient tous les cinq les signes de trouble le plus évident. La colère montait en eux, mais cette attitude ne paraissait nullement affecter la fille aux traits équilatéraux.

— Permettez-moi de vous dire, fit Coqdor, que ces gemmes nous appartiennent !

— Nous avons besoin de ces pierres, fit la voix sans expression. Aussi allez-vous nous les donner !

— Et si nous refusons ?

Ce fut tellement bref qu'ils n'eurent qu'à

peine le temps de se défendre. Chacun des compagnons de Coqdor se trouva entre deux Mathématiques. Des êtres, on ne pouvait dire des hommes, solides, insensibles, à la poigne puissante. Ils purent à peine résister et se trouvèrent promptement désarmés. Et comme ils étaient nus, hormis les ceintures supportant les moteurs antigrav, ils succombèrent presque tout de suite.

Lutte brève, qui ne fit pas passer la plus petite onde de sentiment sur les faces symétriques des Mathématiques.

Coqdor avait peu résisté, comprenant que c'était déjà inutile. Il n'avait pas eu le temps de sortir le xtaïx de sa ceinture qu'on le lui avait déjà arraché.

Giovanna et Arimaïla se débattaient, plus encore que les garçons si c'était possible, et protestaient avec fureur :

— C'est un scandale !... Les salauds ! On les sauve... et ils nous volent !...

Coqdor se contenta de murmurer :

— Non... C'est logique !... Logique ! Désespérément logique... comme tout ce qui est Mathématique dans l'univers !...

CHAPITRE XI

— Pourquoi nous ont-ils donné des vêtements ?

— Parce que, après notre capture, nous étions nus !

— Ont-ils donc le sens de la pudeur ?

— Certainement pas. Un tel sentiment, purement spéculatif, leur est totalement étranger, comme la majorité des autres sentiments spécifiquement humains.

— Pourquoi ont-ils pris les xtaïx ?

— A la fois parce que les gemmes possèdent un pouvoir formidable et sans doute aussi parce qu'ils savent qu'on peut les contrer en s'en servant, soit pour le salut d'Inab'dari, soit pour toute autre raison.

— Pourquoi se sont-ils aussi emparés du parchemin virgonien ?

— Parce qu'ils peuvent avoir besoin de revenir sur le satellite, pour tenter une nouvelle moisson de xtaïx.

— Pourquoi n'ont-ils pas profité de leur présence pour épuiser le gisement jusqu'au bout ?

— Sans doute parce que le temps les presse. Inab'dari résiste et ils ont... c'est une hypothèse... le dessein de se servir des xtaïx cette fois contre Inab'dari et non en sa faveur !

— Pourquoi nous ont-ils faits prisonniers ?

— Sans doute parce que nous sommes gênants pour eux, en liberté !

— Et où nous conduisent-ils ?

Cette fois, Bruno Coqdor eut un geste vague. Lui, le subtil, se trouvait embarrassé devant une pareille question.

Knet'ag se taisait. Arimaïla était plongée dans le désespoir. Mais Giovanna et les deux aspirants ne cessaient de questionner le chevalier de la Terre. Ils faisaient totalement confiance à l'homme aux yeux verts et le harcelaient, se basant sur sa profonde psychologie, sur ses facultés divinatoires.

Coqdor soupira :

— Vous voulez trop en savoir, mes enfants. Il est vraisemblable que les Mathématiques ne veulent pas notre mort ; non par humanité mais simplement parce que cela ne leur servirait à rien et je suis persuadé qu'ils ne font jamais que ce qui présente, du moins à leurs yeux, un profit quelconque. Ils nous emmènent avec eux, c'est très simple. Nous sommes, soit d'Inab'dari, soit alliés d'Inab'dari puisque nous faisons cause commune avec ceux qui cherchaient les xtaïx. Ils doivent nous considérer comme des prisonniers de guerre, rien de plus ni de moins...

Ils étaient depuis des heures dans un petit compartiment d'un astronef parfaitement sphérique où les avaient conduits les Mathématiques après leur capture. Ce qu'ils avaient pu en entrevoir laissait à penser que rien n'y était laissé au hasard et que tout était rigoureusement utilitaire et fonctionnel sans qu'on ait pu consentir au moindre détail fantaisiste.

Ainsi que l'avait dit plaisamment Jonson : nous sommes à bord d'un vaisseau spatial hygiénique.

Mais rien ne manquait : air conditionné, installation d'eau, lumière, apport à heures régulières de repas purement nutritifs sans concession au goût, système de literie, etc.

— Tout ! grondait Aligro. Pour qu'on périsse d'ennui !

— Et pourtant, avait rétorqué Coqdor, je suis sûr que ces êtres-là doivent vivre, non seulement à bord mais dans leur monde, avec de telles conditions d'existence. Rien de gratuit ! Tout est strictement utile et si je puis dire : rentable !

Il y avait déjà trois tours-cadran qu'ils étaient prisonniers. Le sphéronef mathématique les emportait et ils ne voyaient pas leurs geôliers. Tout se passait dans un automatisme absolu depuis qu'on leur avait apporté des vêtements. Des tenues spatiales rigoureusement semblables, destinées à l'origine à ces hommes qui se ressemblaient tous. Si bien que si Coqdor et Jonson étaient un peu à l'étroit, Aligro était à peu près convenablement habillé et

Knet'ag flottait par la taille s'il était vêtu trop
court en ce qui concernait les manches.

Les deux jeunes femmes, dissemblables,
avaient dû tant bien que mal s'adapter à ces
tenues, tant il est vrai que la coquetterie interplanétaire ne perd jamais ses droits.

Arimaïla était sans doute la plus malheu-
reuse. Dépouillée des xtaïx, du précieux parchemin, elle se serait abandonnée au pire sans
l'intervention de ses compagnons. Giovanna et
Coqdor s'étaient efforcés de la réconforter,
mais elle voyait tout perdu et particulièrement
la chute d'Inab'dari.

Knet'ag, accablé, gardait un mutisme farou-
che et s'isolait, s'enfermait dans un chagrin
que chacun respectait.

Aligro et Jonson échafaudaient des projets
d'évasion mais comme on avait conscience de
foncer à travers l'immensité du vide, quelque
part dans la constellation du Lion, c'était provisoirement le domaine de l'imagination qui
l'emportait.

Coqdor, lui, songeait longuement. Il déplo-
rait de n'avoir pas plus de contacts avec cette
curieuse race. En particulier, il avait été frappé par le spécimen féminin, qu'il croyait avoir
entendu nommer Im', ou quelque vocable approchant.

Une femme ? C'était morphologiquement
une femme, mais quant au reste...

Giovanna lui avait aussi demandé ce qu'il
en pensait : ces créatures étaient-elles des robots, animés par quelque puissance inconnue ?

Coqdor n'était pas de cet avis.

— Non ! En dépit du très petit moment où nous les avons côtoyés, après ce sauvetage dont nous avons été si mal récompensés, je reste persuadé qu'ils sont de chair et de sang...

— Il y a des androïdes parfaits, chevalier, dans certains mondes, et qui donnent l'impression de la vérité humaine, jusqu'à la thermie, jusqu'aux petites réactions...

— Oui, chère Giovanna. Mais ce ne sont, malgré tout, que des mécaniques merveilleuses, des machines. Tenez ! Un détail ! Il y a ici une installation sanitaire impeccable... Pensez-vous qu'elle a été établie à notre intention ? Je ne le crois pas. Cela suppose des nécessités très simplement humaines et je suis sûr qu'il en existe de semblables dans les compartiments où ils habitent. Et ils se nourrissent et ils dorment, croyez-moi !

Giovanna avait bien avancé l'idée que de telles cabines étaient destinées à d'éventuels prisonniers, les Mathématiques ayant souvent fait des captifs. Mais Coqdor n'était pas convaincu. Il croyait fermement à la nature biologique de leurs ennemis. Quant à la sensibilité, à la psychologie, c'était une autre histoire.

Arimaïla parlait d'Inab'dari, qui avait sans doute, croyait-elle, succombé à l'invasion. Et, d'autre part, il y avait le mystère du Grand Cœur, ce pulsar déifié par son peuple et qui donnait des signes d'épuisement.

— Croyez-vous, chevalier Coqdor, que les Mathématiques y soient pour quelque chose, qu'ils s'en soient pris au Grand Cœur ?

— Rien n'est impossible, mon enfant. Je pense cependant que nous serons fixés avant peu. Car les Mathématiques doivent penser que, conquérants des xtaïx, nous avons un rôle à jouer dans cette aventure...

— Et, s'écriait la jeune femme avec exaltation, s'ils veulent tuer le Grand Cœur, pourquoi ? Pourquoi un tel crime ?

Là encore, Coqdor ne savait que répondre. Un forfait aussi titanesque paraissait en effet dénué de toute raison. Mais qui pouvait expliquer le comportement froid et implacable des Mathématiques ? S'ils s'en prenaient à un pulsar (mais alors, avec quels formidables moyens ?) ils devaient avoir un intérêt. Et cet intérêt lui échappait encore totalement.

On ne voyait jamais les étranges cosmonautes inhumains. Tout se passait par automation, ce qui ne manquait pas de créer chez les captifs un état d'exaspération qui ne faisait que croître et embellir au fur et à mesure que s'écoulaient de mornes heures.

Aligro et Jonson complotaient. Le coup classique. Dès qu'un Mathématique montrerait le bout de son nez, on se jetterait sur lui. Advienne que pourra ! Il était impossible de demeurer éternellement dans cette situation débilitante.

Coqdor ne pouvait contrer un pareil projet et se contentait de conseiller la prudence aux deux jeunes gens, tout en admirant leur vaillance.

Et l'occasion se présenta. Dénués de tout, ils n'avaient pu apprécier le laps de temps écoulé depuis leur chute aux mains des Mathématiques et, du moins il était permis de le supposer, le départ du sphéronef vers l'espace.

On se rendait bien compte que l'astronef fonçait, mais à part les vibrations habituelles aux vaisseaux spatiaux, on n'entendait jamais rien.

Aussi furent-ils tous en éveil dès qu'une porte grinça.

Une femme parut. Toujours la même, du moins si ces créatures n'existaient pas en plusieurs exemplaires ainsi qu'ils avaient pu le constater pour l'élément mâle.

Aligro et Jonson bondirent tels deux fauves mais leur élan fut stoppé net et ils roulèrent sur le plancher métallique, agité de convulsions tétaniques. Horrifiés, Giovanna et Arimaïla, Knet'ag et Coqdor regardaient et s'apprêtaient à leur porter secours.

La voix incolore s'éleva :

— Ne craignez rien pour eux. On les a seulement mis hors d'état de nuire. Je vous conseille à tous de vous tenir tranquilles...

Knet'ag serrait les poings et les yeux d'Arimaïla jetaient des éclairs.

Coqdor leur fit signe de rester calmes.

— Qu'attendez-vous de nous ?

Il n'eut pas de réponse. Quatre hommes (si c'étaient bien des hommes) pénétrèrent à leur tour. Deux étaient armés, portant de bizarres engins en lesquels il était aisé de deviner des émetteurs de rayons paralysants. C'était sans doute par ce moyen qu'on avait neutralisé Aligro et Jonson.

5

Les deux Mathématiques suivants amenaient un appareil évidemment n'ayant rien de belliqueux. Monté sur un petit chariot, un cube avec des éléments très complexes, et un casque attenant par des fils.

Les deux gardes armés tenaient en respect Coqdor et ses compagnons. Et les deux autres, avec cette impassibilité qui faisait mal, se penchèrent tour à tour sur les deux garçons maintenant immobiles, les yeux ouverts, mais évidemment dans l'incapacité de faire le moindre mouvement.

L'un après l'autre, on leur ajusta le casque. Des voyants clignotèrent sur l'appareil, des signes bizarres apparurent sur des cadrans et des signaux sonores se firent entendre.

Rien ne laissait supposer que les exécutants étaient satisfaits ou non, étonnés ou déçus.

Ils abandonnèrent les deux hommes immobilisés et s'avancèrent, sous l'œil glacé de la femme, vers les autres captifs.

Sous la surveillance des gardes, ces derniers durent, les uns après les autres, se soumettre à ce test.

Même froideur, même indifférence apparente de la part des Mathématiques. Il y avait ceux qui opéraient et les autres étaient aussi statiques, aussi neutres que des mannequins.

Les captifs commençaient à se demander où on voulait en venir. La femme se dirigea vers la porte. Les gardes tenaient toujours les prisonniers en respect mais tandis qu'un des opérateurs poussait devant lui le chariot avec l'appareil, le second prenait Giovanna par un bras et l'entraînait.

Affolée, elle cria :

— Non !... Que me veulent-ils ? Je ne veux pas !...

Aligro et Jonson, toujours au sol, paralysés mais lucides, devaient souffrir mille morts en entendant leur amie supplier ainsi. Instinctivement, Bruno Coqdor, Arimaïla et Knet'ag avaient fait un pas en avant pour se précipiter au secours de la jeune fille.

Ils tombèrent tous les trois, enserrés dans l'invisible réseau des ondes paralysantes.

Et les Mathématiques se retirèrent, entraînant une Giovanna échevelée et gémissante.

Du temps passa.

Petit à petit, les uns après les autres, les cosmonautes avaient senti s'amenuiser l'effet ondionique. La circulation reprenait son rythme normal, ils respiraient mieux, ils pouvaient remuer un peu les membres.

Et l'attente interminable recommença.

Ils parlaient peu, plus qu'inquiets sur le sort de Giovanna.

Ils eurent droit à un repas, selon la règle déjà établie mais ils n'y touchèrent guère. Et puis, ces aliments sans saveur aucune ne provoquait nulle appétence.

Nouveau grincement, porte qui s'ouvre.

Ils bondirent, prêts à tout mais sans grand espoir d'agir, se sentant à la merci de l'ennemi.

Giovanna seule parut et se jeta dans les bras de Knet'ag, le premier qui la reçut.

Longuement, elle pleura et ils l'entourèrent tous, lui parlant gentiment, essayant de calmer son émoi. Du moins pouvaient-ils constater qu'elle était indemne. Mais son psychisme semblait fortement perturbé.

Enfin, elle reprit un peu ses esprits et narra ce qu'elle avait subi.

On l'avait menée dans une pièce blanche, glacée comme tout le reste, et là, mise nue, elle avait été étendue sur une table aussi froide que le reste, sans le moindre souci de confort.

La femme mathématique et ses acolytes l'avaient longuement observée puis elle avait vu qu'on lui montrait un xtaïx. On le lui avait remis en la prévenant, de ce ton presque sans timbre, sans la moindre vibration humaine, d'avoir à se méfier et de se contenter de tenir la gemme en main, sans chercher à s'en servir pour émettre une réaction en sa propre faveur.

Certes, l'idée en avait effleuré aussitôt Giovanna, mais elle avait compris qu'à la moindre velléité d'attaque au moyen du précieux caillou elle serait immédiatement frappée sans pitié. Parce que les paralyseurs demeuraient braqués sur elle.

Alors, passive, résignée, elle s'était abandonnée, se contentant de maintenir le xtaïx entre ses doigts, rageant intérieurement de ne pouvoir l'utiliser efficacement. On la guettait et elle avait l'impression qu'on pénétrait ses moindres pensées.

Mise en route d'appareils, établissement de circuits, crépitement d'étincelles.

Giovanna avait senti un courant la traverser, atteindre son cerveau. Petit à petit, bien que demeurant lucide, elle avait compris qu'elle n'était plus qu'un instrument à la disposition des Mathématiques.

Elle eût voulu lâcher le xtaïx que cela eût été impossible, ses réflexes ne dépendant plus d'elle.

Et l'oiseau de soleil avait fait son apparition, cela hors de la volonté de Giovanna, c'est-à-dire en contradiction formelle avec la norme puisque les hologrammes ne se manifestaient jamais qu'en accord avec l'esprit humain.

Giovanna était horrifiée.

Elle comprenait dans quelle effroyable mesure on se servait d'elle, de son corps, de son cerveau, de tout son métabolisme.

Longuement, les impassibles androïdes avaient poursuivi l'expérience, sans paraître plus se soucier de la personne de Giovanna — pourtant au centre de leurs travaux — que de n'importe quel rouage de leur installation.

Ils observaient l'oiseau magique, le filmaient, le photographiaient, avec des moyens complexes que Giovanna ignorait mais qui lui paraissaient relever d'une technologie supérieure.

Enfin, sans doute satisfaits (mais sans rien en laisser paraître), ils terminèrent leurs essais.

Le courant cessa de se manifester. Giovanna se sentit plus libre. Mais elle était épuisée et elle desserra les doigts, laissant tomber le xtaïx.

L'oiseau de soleil avait disparu.

On enjoignit à la jeune fille d'avoir à se rhabiller et c'est alors qu'elle fut reconduite à la cabine servant de prison.

Elle pleurait et tout son récit avait été entrecoupé de sanglots. Knet'ag restait silencieux, la tenant contre lui, caressant les beaux cheveux de la jeune fille. Les deux Terriens le regardaient. Ils n'étaient pas jaloux, tout était tellement extravagant.

Coqdor et Arimaïla, à tour de rôle, lui parlaient doucement, cherchant à apaiser l'émotion qui la faisait encore trembler.

Finalement, ce fut l'homme d'Inab'dari qui posa la question :

— Chevalier Coqdor, que concluez-vous ?

L'homme aux yeux verts se mordit les lèvres, les regarda à tour de rôle.

— Je ne peux avancer qu'une hypothèse... Mais c'est terrible !

— Parlez ! Parlez !

— Eh bien, je crois savoir maintenant pourquoi les Mathématiques font des prisonniers sur les planètes qu'ils attaquent. Ils ont besoin de la nature humaine. Parce que les miraculeux xtaïx ne réagissent qu'avec un être vivant, homme ou femme, voire avec un transfert sur un animal. *Mais en aucun cas un Mathématique ne saurait s'en servir, puisqu'il est, bien que charnel, inhumain, dépourvu d'âme.*

Il y eut un instant de lourd silence, qu'Aligro rompit enfin :

— Si bien que, selon vous, les malheureux esclaves servent de catalyseurs pour la dynamisation des xtaïx... et qu'on les utilise alors pour mener à bien les entreprises de ces salauds !... Attaquer une planète... ou bien encore...

— Ou tuer un soleil ! Oui, Aligro !

Ils étaient maintenant muets, accablés, désemparés. Ils avaient conscience de leur impuissance, du rôle à la fois passif et sinistre que leurs ennemis escomptaient leur faire jouer dans la guerre interplanétaire.

Ils ne pouvaient plus rien faire. Rien.

Et le sphéronef mathématique poursuivait sa route, immuablement, vers des mondes inconnus.

DEUXIÈME PARTIE

MEURTRE D'UN PULSAR

CHAPITRE PREMIER

Martinbras regardait Klaus Cox. L'astronavigateur, coéquipier de Giovanna Ansen, s'était porté volontaire le premier pour la mission. Et il avait insisté afin de s'y rendre seul.

C'était un grand garçon solide, blond et presque chauve déjà, dont les yeux bleus attestaient l'origine scandinavo-terrienne.

Il était armé de pied en cap, avec la ceinture-arsenal des cosmonautes en escale et, naturellement, le dispositif antigrav, le sustentateur permettant les envolées et les randonnées aériennes, toujours efficaces sur les mondes inconnus.

Le *Fulgurant*, flanqué du petit engin spatial d'Inab'dari, avait cherché un point d'atterrissage à plus de deux cents *miles* de la zone où étaient restés Arimaïla, Coqdor et les autres. Pas de liaison radio par crainte des Mathématiques si bien que les astronautes avaient rongé leur frein, espérant toujours des nouvelles.

Finalement, c'était Râx qui était revenu. Seul. Râx dépêché par Bruno Coqdor. Râx qui, évidemment, ne pouvait fournir de détails.

Cependant, Martinbras ne s'y était pas trompé. Si le pstôr ne pouvait renseigner l'équipage de l'astronef sur les agissements du petit commando, en revanche, il allait servir de relais, inversement.

— Malheureusement, avait dit le commandant, je ne peux lire dans son cerveau. Mais, à distance, Coqdor y lit, lui. Si bien que si je ne sais pas ce que fait Coqdor, Coqdor va savoir ce que je fais, moi...

Il ne pouvait demeurer dans cette inaction, d'autant que le temps passait et que l'attente était stérile. Martinbras décida donc d'envoyer une expédition de secours.

Tout de suite, après consultation de son état-major, il vit les désavantages de la mise en route d'une telle colonne. Les Mathématiques, ces misérables doués d'autant de logique que de mise en œuvre de moyens techniques, étaient bien capables de la réduire à néant, surtout s'ils en avaient déjà terminé avec la première expédition.

Si bien qu'on avait décidé d'envoyer un éclaireur qui établirait la liaison radio, quitte à donner l'éveil aux Mathématiques. Cette fois, il fallait prendre des risques.

C'était Klaus Cox qui avait été choisi parmi plusieurs candidats. D'abord eu égard à ses qualités à la fois athlétiques et professionnelles (il n'en était pas à sa première incursion interplanétaire), ensuite parce que, très lié avec Giovanna, il avait beaucoup insisté pour aller à son secours.

Martinbras lui avait fait confiance, sans tenir compte de la mine déconfite de quelques cosmonautes soucieux eux aussi de se lancer dans l'aventure.

Mais où aller ? Quelle direction prendre ? Martinbras avait rapidement établi le plan de campagne. Il disposait, pour son envoyé, d'un guide précieux : Râx.

Car c'était sans doute dans ce but que Coqdor avait détaché l'animal fidèle du commando. Quel péril avait-il affronté ? Quel piège s'était refermé sur lui et ses compagnons ? Il était encore difficile de le deviner mais, incontestablement, le pstôr était capable de conduire l'éclaireur jusqu'à son maître.

Ainsi donc Klaus Cox ne prit pas le départ absolument seul. Râx était avec lui.

Connaissant de longue date le comportement de Bruno Coqdor et de son compagnon hybride, Martinbras avait astreint Klaus Cox et la bête à passer un tour-cadran sans se quitter d'une semelle. Ainsi, il savait que des liens subtils s'établiraient entre eux, qu'ils agiraient ensuite en symbiose, ce qui faciliterait grandement la tâche de l'éclaireur, branché sur le pstôr, avec sans doute moins d'harmonie parfaite que Coqdor, mais tout de même de façon satisfaisante.

Râx avait paru comprendre ce qu'on attendait de lui et s'était laissé caresser, nourrir, soigner par Klaus Cox. Martinbras attendait beaucoup de cette amitié qui, pour improvisée qu'elle était, ne pouvait laisser de donner d'excellents résultats.

Les cosmonautes, qui campaient dans une région relativement verdoyante près d'un petit cours d'eau, virent donc l'homme et le pstôr prendre le départ au lever du soleil Epsilon du Lion.

Le ciel était dégagé. Quelques brumes flottaient mais rien n'indiquait que ce fût la parenté avec les terribles nuées vivantes.

On regarda un long moment l'homme volant et le dogue-chauve-souris qui tournaient dans le ciel. Râx, tel un pigeon cherchant la destination de son aire, hésitait, revenait, piquait, repartait vers le zénith.

Martinbras avait pu l'affirmer à Klaus Cox : « Basez-vous sur lui en permanence, je demeure persuadé que Coqdor ne le quitte pas en pensée. Si bien que si nous ignorons où il se trouve avec Giovanna et les autres, lui, très certainement, apprend que vous partez en compagnie de son favori, pour aller à son secours !... »

Klaus tourna donc, patiemment, attendant que Râx puisse se décider. En fait, on pouvait déjà s'orienter en se basant sur le chemin pré-

cédemment parcouru par l'astronef depuis qu'il
avait touché le satellite inconnu, mais scrupuleusement, ainsi que le commandant le lui
avait enjoint, Klaus attendait le bon vouloir du
pstôr.

Il ne fut pas déçu. Râx sembla se décider d'un
seul coup, prit son essor en hauteur et commença à voler très droit, ayant vraisemblablement détecté la bonne voie.

Il ne restait plus à l'astronaute qu'à... lui em-
boîter le pas, ou plutôt le vol.

Epsilon montait vers le zénith. Des heures
passaient et ils évoluaient toujours en plein
ciel.

Klaus Cox commençait à se sentir las. La
progression était pénible, en dépit de son sédui-
sant aspect spectaculaire. Un petit voyage en
vol paraissait, au départ, des plus agréables
mais les poumons et le cœur se fatiguaient
bientôt au fur et à mesure qu'on passait à travers différentes couches atmosphériques, avec
les diversités incessantes de pression et de thermie.

Klaus souhaitait une escale mais Râx semblait infatigable. Les grandes ailes du chiroptère battaient avec une effarante régularité,
soutenant le grand corps fauve et la tête altière
où étincelaient les yeux d'or. Râx, envoyé vers
l'astronef, avait obéi à son maître. Maintenant,
on le lâchait à sa recherche et il repartait avec
sans doute d'autant plus d'enthousiasme qu'il
devait être psychiquement conditionné par Coqdor lui-même.

Comme le disait Martinbras : « A dix mille

années-lumière l'un de l'aure, si le premier était blessé ou mourant, le second le ressentirait et ne tarderait pas à présenter les mêmes symptômes. »

Klaus obtint cependant une escale. Il parla au pstôr, lui promit quelques friandises, Râx était gourmand, spécula sur le fait que, tout de même, la bête ne pouvait être exempte de lassitude.

Ils revinrent vers le sol. La région était boisée. Un petit lac apparaissait parmi les végétaux. Klaus, qui retrouva la terre ferme avec plaisir, estimait que la vie était possible en ce lieu. Mais il pensait aussi que, bientôt, il retrouverait le désert déjà entrevu lors de la première escale.

Il régala Râx de quelques fruits, les congélateurs de l'astronef permettaient la conservation parfaite, se contenta de pilules vitaminées et profita du lac pour aller se rafraîchir.

Râx n'hésita pas à se baigner près de lui, ce qui indiquait qu'il était en plein accord avec ce nouveau maître. Ensuite, ils se reposèrent encore une heure avant de reprendre leur vol.

Ce fut le crépuscule, la nuit. L'homme et le pstôr évoluèrent sous les lunes cerclant le satellite d'Epsilon. Klaus supposait qu'ainsi il se rapprocherait plus aisément de la zone dangereuse sans éveiller l'attention des Mathématiques, encore que ces êtres fantastiques aient certainement de subtils moyens de détection.

Il savait ce qu'il risquait mais avait accepté la mission en connaissance de cause.

Il y eut encore une petite halte un peu avant

le matin. La distance parcourue était considérable. Klaus crut reconnaître d'en haut le paysage déjà entrevu lors de l'escale initiale. A deux ou trois reprises, il avait établi le duplex avec l'astronef où Martinbras et ses hommes devaient griller d'impatience. Il ne parut pas que le dialogue fût parasité, ce qui eût indiqué une intervention de l'ennemi.

L'aurore commença à révéler les monts aux tons de porcelaine bleue, les approches du désert.

Râx, à un certain moment, se mit à siffler sur un mode indiquant le danger.

Klaus ne pouvait évidemment deviner de quoi il s'agissait.

— Eh bien, mon joli Râx, qu'est-ce que tu as vu ?

Râx tournait autour de lui et prenait de la hauteur, exécutant ainsi une spirale en plein vol.

— On dirait que tu me conseilles de monter, monter encore...

Il ne voyait aucune nuée vivante. Le danger devait donc se tenir au sol.

Klaus ne discuta pas et suivit Râx. Il dominait maintenant un vaste plateau serti de collines abruptes. Dans la clarté azurée, il distingua des silhouettes.

Il pensa naturellement aux Mathématiques, mais s'étonna de leur immobilité.

Il disposait naturellement de jumelles, ce qui lui permit d'observer minutieusement ce champ à l'aspect insolite.

C'est ainsi que Klaus Cox découvrit le plateau-cimetière où les morts demeuraient dans l'attitude où ils avaient fini leur existence, ce qui ne laissait pas de figurer une danse macabre que l'éclat solaire et l'atmosphère indéfiniment bleutée rendaient encore plus impressionnante.

Ils volèrent ainsi pendant un bon quart d'heure et Klaus, de très haut, eut l'occasion de découvrir un terrain qui lui parut particulièrement exceptionnel, sinon des plus dangereux.

L'attitude de Râx, cherchant sans cesse à l'éloigner en hauteur, n'avait pas été sans éveiller l'attention de l'astronavigateur. Sans nul doute, le pstôr était averti du péril très spécial émanant de ce terrain où des victimes se tordaient, muettes et immobiles, dans les affres de ce qui avait été leur mort.

Un peu après, surplombant une chaîne montagneuse et entrevoyant à l'horizon une contrée qui lui parut désertique, Klaus constata encore une certaine inquiétude dans le comportement de Râx.

Le pstôr recommençait à tourner autour de lui et, désormais, un tel langage devenait éloquent pour Cox. Cela voulait dire danger.

De quelle nature ? Il ne tarda pas à le savoir. Mais, cette fois, il ne fit que reconnaître un phénomène déjà rencontré : la nuée vivante.

Elle flottait sur l'horizon, mêlée hypocritement à d'innocents petits nuages coquets, azurés sous le soleil Epsilon, si bien qu'il était difficile de la distinguer de prime abord.

Cox comprit et suivit Râx qui l'entraîna très loin, lui fit exécuter un véritable tour dans le ciel avant de le ramener vers le désert qui devait être le but de leur randonnée.

Cela demanda encore un bon moment. Finalement, la nuée semblant s'être effacée sur l'horizon, c'est sous un ciel parfaitement dégagé que l'homme et la bête volante finirent par toucher le sol.

Ils étaient épuisés l'un et l'autre, mais la passion de la découverte animait tellement Klaus qu'il ne songeait guère à se reposer. Râx tirait la langue. L'homme se hâta de lui jeter quelques fruits et de le faire boire un peu grâce à l'eau (rationnée) qu'il emportait dans une flasque.

Lui, déjà, furetait partout. Les végétaux l'intriguaient, ces sortes de cactus énormes, hostiles, agressifs dans leur immobilité.

Tout à coup, il sursauta et se mit à courir vers une zone plus précise de l'étendue où ne croissaient çà et là que ces plantes déplaisantes d'aspect.

La terre y était battue, comme piétinée. Les cactus, ou assimilés, avaient été déchiquetés, broyés et un sang verdâtre, répugnant et nauséabond, souillait les pierres.

S'était-on battu là ? Ou bien...

Râx arrivait en se dandinant sur ses pattes griffues, battant parfois des ailes pour se rééquilibrer. Il sifflait tout doucement, dardant ses beaux yeux d'or sur l'astronavigateur.

Celui-ci flatta le crâne de l'animal.

— Que veux-tu me dire ? Ils sont venus ici, n'est-ce pas ? Ce désert... c'est sans doute bien

celui qui était indiqué dans ce parchemin virgonien dont j'ai eu connaissance à bord, ce manuscrit que ceux d'Inab'dari jugeaient si précieux...

Il était intrigué. Il ne voyait rien autour de
lui, sinon l'étendue désolée et ce bouquet de
cactées dévasté, sinistre.

Râx allait, venait, grattait parfois le sol, flai-
rait, éternuait, repartait comme mécontent de
ne pas avoir trouvé ce qu'il cherchait.

Il exécuta plusieurs fois ce manège puis s'arrêta. Cette fois, Cox l'entendit qui sifflait plus
joyeusement, presque sur un mode triomphal.

— Oh ! oh ! Qu'est-ce que tu as découvert ?

Une pensée le traversa. Il se jugea stupide de
n'y avoir pas songé plus tôt.

— Les xtaïx... le gisement...

Il se précipita, sous l'œil évidemment satisfait du pstôr et, à quatre pattes, gratta le sol
à son tour.

Il se redressa sur les genoux, élevant la
petite chose brunâtre entre ses doigts trem-
blants.

— Un xtaïx !

A son tour, il en possédait un. Il comprenait
maintenant ; il se trouvait sur l'emplacement
exact du filon où Râx l'avait conduit. Il ne
devait pas rester un très grand nombre de gemmes, du moins en surface. Sans doute Arimaïla,
Giovanna et les quatre hommes avaient dû passer par là. Ils étaient donc en possession d'un
véritable trésor, une force capable de mettre

en échec les Mathématiques et tous les forbans de l'univers.

Lui, rien qu'avec ce petit caillou, se trouvait déjà très puissant et il le caressait amoureusement.

Puis il se mit à le gratter avec son poignard, l'arracha à la gangue naturelle, le montra au soleil Epsilon comme un trophée, comme une offrande, se délectant à le voir étinceler de feux exceptionnels.

Il cherchait à se mettre en harmonie avec la pierre magique, ainsi qu'Arimaïla, Knet'ag et Coqdor l'avaient démontré à bord du *Fulgurant* lorsqu'une pensée infiniment moins amène le ramena aux réalités.

Puisque ses camarades du petit commando disposaient d'une pareille puissance capable de dominer le cosmos, pourquoi n'avaient-ils pas rejoint au plus tôt l'astronef ? Inab'dari était en péril et il y avait là de quoi sauver la planète que les Mathématiques se préparaient à investir, avant de s'en prendre peut-être à d'autres mondes ?

Inquiet, le jeune homme fit quelques pas, songeur.

Il marcha par mégarde sur une branche de cactée à demi tranchée et sursauta en l'entendant gémir.

Le soir venait. Autour de lui, il voyait ces végétaux hideux, mais qu'on avait torturés, mutilés. Il comprenait : la terre avait été fouillée à leur base et sans doute ses compagnons avaient-ils dû jouer les fouisseurs, arracher au

sol son précieux gisement, si bien que les cactées avaient subi leurs attaques.

Il crut entendre encore, dans l'ombre bleue
qui tournait au noir, les plaintes lugubres des
cactus massacrés. Il frissonna.

Instinctivement, il cacha le xtaïx sous sa chemise, dans un sachet, contre sa poitrine. Il
avait conscience à présent qu'un malheur était
arrivé et que certainement Coqdor et les autres
avaient pu succomber aux attaques des Mathématiques.

Cependant, lorsque parurent les lunes, il vit
Râx qui recommençait à s'agiter, à l'appeler
en émettant son sifflement modulé, indiquant
qu'il voulait repartir.

Mais cette fois, Cox, qui le suivait scrupuleusement, constata qu'on volait presque à ras du
sol, comme pour se dissimuler.

Il avait la conviction que la bête ne faisait
qu'obéir à son maître lointain et que Coqdor
guidait Râx, pour le guider, lui, l'envoyé de
Martinbras.

Longuement, ils filèrent ainsi dans la nuit.

Ils traversèrent une partie du désert et par-
vinrent en face d'un coteau assez élevé, coni-
que, au sommet duquel Cox distingua vaguement une construction évidemment d'origine
humaine.

Râx, maintenant, rampait littéralement.

Ils se rapprochèrent encore, gagnèrent la
base du coteau en se dissimulant dans les roches, les moindres failles, les anfractuosités,
les bouquets de rare verdure.

Quand le pstôr se blottit et ne bougea plus, Cox l'imita.

Ce fut l'aube. L'aurore.

Il commença à mieux distinguer ce qu'il prenait pour une sorte de tourelle.

Et au fur et à mesure que montait la clarté du jour renaissant, il se sentait pâlir, son cœur battait à grands coups devant ce qu'il découvrait.

CHAPITRE II

Une construction baroque, faite d'un soubassement en étais obliques, supportant une sorte de rotonde surélevée de cinq ou six mètres.

Une rotonde décagonale, constituée par des compartiments aux parois inclinées de bas en haut. Lesdits compartiments fermés par une simple vitre, laissant voir l'intérieur.

Au-dessus, une flèche. Une flèche immense, haute de cinquante ou soixante mètres, dressée comme un aiguillon vers le ciel.

Tel quel, l'ensemble pouvait évoquer un observatoire, un relais de radio ou de télé, un radar ou quelque chose d'analogue. Mais Klaus Cox ne pouvait en discerner la véritable destination.

Ce qui l'effarait, c'était ce qu'il apercevait dans les compartiments des dix côtés de la rotonde.

Chacun renfermait un être humain. Homme. Femme.

Chaque personnage ainsi enfermé y était immobilisé, les bras en croix, les jambes légèrement écartées, la face tournée vers le ciel puisque les compartiments étaient inclinés à trente ou quarante degrés.

Captifs ? Suppliciés ? Officiants de quelque culte inconnu ?

Ou plutôt, étant donné que tout portait à croire que ces gens fussent les éléments de quelque invention des Mathématiques, éléments d'un système à utilité indéniable, installés là pour un but bien précis, selon les normes de ce peuple qui ignorait la gratuité.

Klaus Cox écarquillait les yeux et, pour mieux voir, il reprit ses jumelles. Il observa longuement.

Son cœur était atrocement serré parce qu'il lui semblait partager le sort de ces malheureux. Des victimes, bien sûr. Non victime d'une cruauté inutile, d'une répression superfétatoire, mais sans nul doute d'un procédé qui exigeait leur présence dans ce triste appareil, c'était tout.

Ils étaient revêtus ou plutôt enrobés d'une sorte d'armure luisante de tons argentés, rappelant l'uniforme des Mathématiques déjà entrevus. Mais cette carapace devait avoir une raison non spéculative. Klaux Cox remarqua qu'il y attenait des sortes de petits plots, posés en certains points du corps du patient, plots eux-mêmes donnant naissance à des fils métalliques qui partaient vers un centre qu'il ne pouvait déterminer.

Chacun des sujets était ainsi marqué au

front, aux tempes, au sternum, à l'ombilic, au sexe, ainsi qu'aux épaules, coudes, genoux et chevilles.

— Des électrodes, murmura instinctivement Klaus. Des électrodes qui doivent avoir pour but de capter la vitalité, le métabolisme du patient. On les a judicieusement disposées à tous les points vitaux de l'humain... Mais pourquoi ? Pourquoi ?

De sa place, il voyait distinctement trois des prisonniers. Car il ne pouvait s'agir que de captifs, non de Mathématiques eux-mêmes. Encore qu'il ne pût comprendre à quoi rimait cet appareillage extravagant, l'astronavigateur devinait aisément que la race inhumaine se servait sans vergogne de ces malheureux glanés au cours des incursions planétaires et dont on disait à Inab'dari que leur sort demeurait jusque-là inconnu.

Klaus, à la jumelle, détailla les trois êtres qu'il voyait. Deux hommes et une femme. Tous immobilisés dans cette attitude de crucifiés, incapables certainement du moindre mouvement, voués simplement à n'être plus que des rouages de l'installation totale.

Un des hommes et la femme lui parurent relever du type d'Inab'dari, le visage, seul apparent des personnages, offrant en effet des caractéristiques rappelant la race d'Arimaïla et de Knet'ag.

Le second homme était différent. Plus petit, le faciès très blanc, les yeux bridés comme les Asio-Terriens, il évoquait un de ces individus que Klaus avait aperçus à l'escale de

Léo IX. Encore que cette planète n'eût jamais été attaquée directement par les Mathématiques, rien n'interdisait de croire que ce malheureux ne fût un prisonnier fait au cours d'une capture d'astronef.

Les angles ne permettaient pas une observation des divers autres captifs, car Klaus ne doutait plus que chaque compartiment ne contînt un humain.

De sa place, il n'en voyait pas plus mais c'était éloquent. Il eût voulu évoluer autour de la colline et partant de la construction, mais il devinait que les Mathématiques étaient outillés pour détecter toute approche. Il n'était même pas impossible qu'il fût déjà repéré ainsi que Râx.

Jusqu'à nouvel avis, il se devait donc de garder une prudente réserve, quitte à attendre la nuit pour se rapprocher. Certes, les écrans de radar pouvaient le signaler, les yeux électriques réagir à son avance. Mais avait-il le choix ?

Râx, qu'il fût ou non inspiré par Coqdor, se tapissait au sol et gardait une immobilité de statue. Klaus soupira :

— Que faire ? Dieu du cosmos ? Que faire ?

Il se jugeait passif, inutile, impuissant. Tout ce qui émanait des Mathématiques était donc monstrueux, aberrant ? « Mais non, lui eût soufflé Coqdor, rien de ce qu'ils font n'est gratuit, tout a un sens. » Du moins, selon leur éthique, pensait Klaus, une éthique hors de toute sensibilité.

Il était embarrassé. Deux heures environ

s'écoulèrent. Puis il crut que ses yeux le trahissaient, qu'il avait des hallucinations à force de contempler l'ahurissante construction.

Il lui semblait qu'elle commençait à frémir, à osciller sur sa base, sur les soubassements faits d'éléments obliques.

Râx tressaillit, leva la tête, darda ses yeux d'or, ce qui fit comprendre à Cox qu'il ne se trompait pas et que le pstôr, lui aussi, avait été alerté.

La machine, quelle qu'elle fût, se mettait en marche.

Et c'était bien ce qu'il avait cru détecter tout d'abord, l'ensemble penchait lentement et commençait doucement à tourner, si bien que, à partir des étais de base, la rotonde et l'immense flèche de métal maintenant étincelante au soleil Epsilon, oscillaient en un formidable mouvement.

Mouvement qui devint petit à petit tournant, permettant à Klaus Cox de distinguer d'autres faces de la rotonde, et partant les autres victimes.

Jumelles aux yeux, atrocement crispé, il les détaillait au fur et à mesure que l'ensemble exécutait un tour presque complet.

Et, tout à coup, il eut un hoquet, une sorte de râle qui l'étranglait :

— Giovanna !

Il venait de la reconnaître. Certes, jamais Klaus Cox n'avait fait le moindre brin de cour à sa coéquipière, considérée par lui comme un **vrai copain**, à l'encontre des aspirants. Mais la revoir ainsi lui déchirait le cœur et faisait bouillir son sang de colère.

Se précipiter ? Mais que faire d'utile contre cette fantastique installation, dont il pouvait d'ailleurs se demander la destination réelle ? Il ne pouvait provisoirement que ronger son frein, assister sans bouger à ce qu'il pouvait considérer comme un supplice inédit.

Mais non ! Cela avait été assez dit. Un supplice est chose stérile et ne satisfait que les sadiques qui l'ordonnent ou l'exécutent. Les Mathématiques ne faisant jamais rien sans raison pratique devaient avoir un intérêt puissant à avoir construit cette aberrante mécanique.

Et Klaus vit petit à petit l'ensemble qui tournait, se penchait de plus en plus, et Giovanna passa sous ses yeux, le céda à d'autres patients. Il compta ainsi trois femmes et sept hommes, occupant les dix pans du décagone.

A quoi tout cela rimait-il ? Klaus, fasciné, regardait l'énorme chose qui continuait à la fois à tourner et à se pencher, revenant parfois en arrière, comme hésitant, corrigeant à plusieurs reprises son degré d'inclinaison.

Cela évoquait un manège de cauchemar, une attraction démente dans un monde forain hallucinant. Ou peut-être s'agissait-il d'un observatoire ? D'une sorte d'arme formidable qui se braquait ainsi vers le ciel ? Qui pouvait deviner ?

Un canon thermique ? Atomique ? Un fulgurant géant ? Des pensées folles se bousculaient dans le crâne de l'astronavigateur. Enervé, il se crispait sur la seule chose vivante qui fût près de lui, à savoir le brave Râx, lequel gardait sagement l'immobilité, soit de lui-même, soit qu'il fût conditionné à distance par Bruno Coqdor.

La tourelle tournait toujours, accélérait le mouvement pour ralentir brusquement et repartait encore en arrière, tout en se penchant, se redressant, cherchant apparemment une orientation délicate à réaliser. Et les patients apparaissaient au fur et à mesure des fluctuations de cet appareil de titan, posant la plus effarante des questions : observatoire ? Projecteur géant ? Armement inédit ? Dans tout cela à quoi correspondait la présence de ces humains qui, de toute évidence, ne se trouvaient pas là volontairement mais y avaient été astreints, tels des esclaves peut-être sacrifiés d'avance, par les impitoyables Mathématiques ?

Et, tout à coup, après des oscillations qui parurent à Klaus Cox durer des siècles, le tout s'immobilisa.

De telle sorte que de sa place il ne distinguait plus qu'à peine Giovanna, la jeune femme se trouvant dans un compartiment dont la plus grande partie échappait à sa vue. Il voyait cependant deux hommes et une autre femme, toujours dans la même posture qui devait leur peser lourdement, engendrant une redoutable ankylose, des troubles circulatoires et musculaires.

Il était affolé. Il rageait de son impuissance. Et cependant il voulait voir, il se disait que cette stabilisation devait correspondre à quelque chose de précis.

On ne voyait toujours personne alentour, les Mathématiques (qui, sinon eux ?) devant se trouver soit dans la tourelle même, soit dans les soubassements, ce qui laissait supposer une installation en sous-sol.

Maintenant, il contemplait l'énorme mécanique. Le décagone était très incliné et la flèche capitale se braquait, telle une menace, vers l'azur céleste.

Klaus se disait que quelque chose allait se produire, que tout cela correspondait à on ne savait quel plan diabolique conçu par ce peuple qu'il ne connaissait pas mais dont la seule évocation engendrait un malaise.

Il attendit encore un bon moment. Râx ne bougeait pas.

Puis Cox eut l'impression que la tour, si elle ne se déplaçait plus, devait se mettre à vibrer. Il ressentait en effet d'étranges ondes et croyait détecter un vrombissement discret mais continu.

Puis la flèche dominant l'ensemble s'embrasa.

Elle vira du jaune au rouge puis au blanc, étincelant de telle sorte que Cox battit des paupières, ébloui.

Mais il voulait voir, voir à tout prix.

Râx avait frémi et sifflait mystérieusement.

Alors, de la pointe extrême de l'aiguille dominante, une lueur jaillit. Une lueur qui prenait forme d'une lance éblouissante dardée dans le ciel comme la lame d'un stylet de démiurge.

Cette lance crût, s'allongea démesurément et Cox, stupéfait, vit qu'elle partait tout droit, vers un azimut qui ne correspondait à rien pour lui mais devait avoir un but bien précis, un but que les oscillations interminables de la tourelle avaient eu pour raison de viser minutieusement.

Longtemps, Klaus Cox regarda.

Il était décidé à ne pas rester passif. Mais il préféra attendre la nuit.

Repéré ou non par les Mathématiques, il voulait en finir, quitte à sacrifier sa propre vie.

Il souffrait de voir Giovanna et d'ailleurs ces frères humains inconnus soumis à ce traitement barbare, tant il est vrai que dans tous les mondes la science fait bon marché de l'humanité sous prétexte de la servir. Mais quels pouvaient être les buts prétendus humanitaires de gens tels que les Mathématiques ?

Il patienta, au prix d'un grand effort sur lui-même. Il dut subir ainsi une journée entière du satellite. Il crut voir glisser une nuée vivante sur l'horizon, mais elle disparut bientôt.

Ce fut le crépuscule, les rayons pourpres crevant le bleu ambiant qui baignait tout. La tour demeurait braquée dans la même direction, encore qu'il parût à Klaus qu'il y eût, au cours de la journée, une légère modification de l'angle de visée.

Et la flèche lumineuse était toujours là, irradiant d'autant plus que venait le soir, l'obscurité.

Il réfléchissait, cherchant à comprendre les mille problèmes qui se posaient.

La tour évoquait un gigantesque poignard menaçant... qui ou quoi ?

Il pensa que, peut-être, la modification de direction pouvait correspondre simplement au mouvement de rotation du planétoïde.

Et puis il chassa toutes les questions, toutes les hypothèses.

Il fourra ses doigts sous sa chemise, saisit le xtaïx.

Il le serra avec force, se leva. Râx l'imita.

Ils se rapprochèrent de la tour fantastique.

CHAPITRE III

L'homme se sentait fort, très fort. La bête se coulait près de lui, peut-être elle aussi assurée de la victoire. Mais si Klaus était dynamisé par l'apport du xtaïx, Râx, lui, prenait la source de sa supériorité dans l'appel mystérieux du maître qui ne cessait de venir à lui.

La clarté intermittente des lunes, dont la plupart étaient en quartiers fragmentaires, laissait une semi-obscurité complice qui leur permit l'accès au soubassement de la tourelle sans paraître éveiller l'attention.

Où Cox se rendait-il ? Que devait-il faire exactement ? Il n'en savait rigoureusement rien. Il se sentait des ailes parce qu'il serrait le xtaïx, et il se laissait mener par Râx. Parce que, maintenant, le pstôr paraissait, lui, savoir parfaitement ce qu'il y avait lieu de faire.

Il se glissait, rampant plus qu'il ne marchait, avec un mouvement surprenant chez cet hybride, généralement lourdaud au sol. L'homme suivait, courbé, attentif au moindre bruit, à la plus petite lueur. Mais non ! Tout était calme. Il n'y avait devant eux que cet appareil géant, immobilisé, maintenant enrobé d'ombre mais dont l'extrémité seulement irradiait, lançant dans la nuit et le ciel ce javelot fulgurant qui se perdait à l'infini.

Il ne voyait plus que cela, sur fond d'étoiles. Et plus que jamais l'installation des Mathématiques évoquait un poignard colossal, la base en étant la garde tandis que la flèche interminablement prolongée par la radiation en eût été la lame, une lame destinée à on ne savait quel forfait cosmique.

Près de la masse même de la géante construction, Klaus Cox, en dépit de son bel enthousiasme, se sentit hésiter.

Il eût sans doute perdu un temps précieux sans Râx, lequel furetant au ras du sol paraissait bien avoir trouvé une piste. De confiance, Klaus le suivit.

Il pensa avoir affaire à des robots quand ces deux êtres hiératiques se dressèrent devant lui. Deux individus sanglés dans des combinaisons-armures aux reflets d'argent, luisant très discrètement dans la nuit.

C'est ainsi que Klaus repéra l'issue permettant l'accès aux profondeurs de la tour.

C'est aussi ainsi qu'il faillit terminer là sa mission quand les deux êtres, avec un ensemble parfait, sans hâte ni fébrilité apparente, le braquèrent avec des tubes qui étaient évidemment des lanceurs de rayons fulgurants ou paralysants.

6

Il réagit. Vite ! Très vite ! Assez pour utiliser le xtaïx, et foncer.

Pendant l'interminable attente, il avait longuement réfléchi, médité, fait appel à tout ce qu'il avait entendu sur le compte des gemmes magiques. Ce qu'il fallait ? Se mettre en symbiose avec le minéral. C'est déjà difficile avec un humain, souvent méfiant ou purement hostile. Difficile avec certains animaux. Mais avec une pierre...

Et pourtant, le récit d'Arimaïla et de Knet'ag, les expériences de Coqdor, avaient fortement frappé l'astronavigateur.

La possession de ce caillou irradiant, mille fois plus radioactif que le radium, susceptible par surcroît de réaction à un métabolisme humain, demeurait sa seule chance.

Comme plusieurs des cosmonautes, il n'avait tout d'abord voulu voir dans cette histoire de gemmes miraculeuses qu'un côté « conte de fées », une légende folklorique comme les aventuriers de l'espace en glanent à travers les galaxies, comme il en existe tant sur la planète patrie, le tout correspondant au besoin perpétuel de merveilleux qui est au fond de l'âme humaine.

Mais Bruno Coqdor avait longuement discuté de la question, tout d'abord en étudiant le minéral remis par la fille inconnue de Léo IX, ensuite avec les deux envoyés d'Inab'dari.

Il se basait sur un fait scientifique non négligeable : le minéral, comme le grand Tout qui constitue le cosmos, est en perpétuel mouvement.

L'inertie n'existe pas à travers l'univers. Tout palpite, tout remue, tout exécute des myriades de circuits représentant le grand circuit absolu. Parce qu'à la base de ce tout il y a l'atome, l'atome aux prodigieuses performances, la danse éternelle des électrons, le mystère infini des particules. Base de la vie. Cette vie qui semble bien relever d'un esprit unique, prestigieux organisateur, engendrant une harmonie rigoureuse que perturbe seule la mauvaise volonté de ces petits démiurges que sont les humains de toutes les planètes.

Pourquoi le minéral, qui constitue aussi bien l'élément constructif à la fois de l'animal et du végétal ne serait pas, tout autant qu'eux, digne de vivre ?

Ce raisonnement avait pu laisser Klaus quelque peu sceptique au départ. Il ne voyait, comme la plupart de ses camarades de l'astronef, qu'un phénomène simplement physique dans les radiations, invisibles ou visuelles, émanant des xtaïx.

Mis au pied du mur, projeté dans une aventure dangereuse, il avait fait un retour sur lui-même et avait repris longuement, scrupuleusement, on peut dire même, honnêtement, un raisonnement que son esprit de cosmonaute féru de matérialisme soi-disant positif lui avait fait rejeter au départ.

Et puis, il avait senti littéralement la présence du précieux caillou, dissimulé à même sa peau dans une petite poche, sous la chemise.

Il lui semblait que la pierre était douce, tiède, presque charnelle.

Petit à petit, il s'était laissé envahir par la certitude d'une présence. Il en était arrivé à croire vraiment qu'il avait là un allié de taille.

Aussi, quand les Mathématiques lui barrèrent la route, se jeta-t-il sur eux avec fureur, soudain enrobé d'une aura spontanément jaillie, l'apparition autour de lui d'un oiseau de feu, une créature de féerie intangible sans doute mais terriblement lumineuse.

Il comprit que les armes se bloquaient dans les mains de ses ennemis, qu'ils n'auraient pas le temps de tirer.

Ce fut lui qui fit feu, abattit un de ces êtres robotiques, alors que Râx, se dressant brusquement, avait raison de l'autre en lui plantant ses formidables crocs dans la gorge.

Abasourdi, Klaus Cox demeura un instant sur place.

La victoire lui semblait facile, trop facile. Mais pourtant c'était bien la réalité. Il y avait à ses pieds deux Mathématiques vaincus, morts peut-être.

Et devant lui, une issue béante. Noire. Donnant il ne savait sur quoi.

Le pstôr siffla doucement et bravement franchit le seuil.

Klaus se fût senti bien lâche en ne le suivant pas. Il se hâta donc lui aussi de passer à travers cette porte donnant sur l'inconnu. Il restait sur ses gardes, mais le xtaïx qui avait cessé immédiatement d'engendrer l'oiseau de feu puisqu'il n'y avait plus utilité, lui apportait son réconfort.

Au-delà, il distingua une véritable usine, ou du moins ce qu'il prit tout d'abord pour telle.

La luminosité y était relative, émanant seulement de petites sources de clarté fort discrètes. Mais, après un instant, s'accoutumant à cette faible lumière, Klaus Cox commença à comprendre.

Il se trouvait sous la tour et au-dessus de lui il apercevait un gigantesque plafond, ou ce qui en tenait lieu, incliné à près de quarante degrés. Un plafond circulaire évoquant une immense assiette posée de côté.

Il comprit très vite. C'était le dessous du soubassement de la tourelle et de l'installation supportant les compartiments où étaient immobilisés les esclaves humains.

En face de lui, il distinguait un invraisemblable enchevêtrement de poutrelles, de tuyaux, de fils, de conduits de toute sorte. Le tout de métal et paraissant jaillir des profondeurs. Parce que l'ensemble était parfaitement circulaire et Klaus Cox flanqué de Râx prenait pied sur les bords. Mais, devant lui, c'était un puits fantastique qui s'ouvrait et les éléments métalliques qui devaient constituer le mécanisme de la tour avaient leurs propres soubassements dans un abîme dont Klaus Cox avait peine à deviner les dimensions, tant tout se perdait dans des ténèbres d'autant plus épaisses que l'œil s'y aventurait.

Cependant, en dépit d'une telle obscurité, Klaus avait noté à plusieurs reprises de légères

fluorescences, fugaces, mais nettement caractéristiques.

Des lueurs rapides mais dont les teintes variées, chatoyantes, évoquaient sans la moindre
réticence les tons merveilleux de ces oiseaux
féeriques, gracieux fantômes engendrés par le
miracle de la symbiose du xtaïx et du cerveau
humain.

Intrigué, l'astronavigateur observa longuement.

Le phénomène ne se reproduisait qu'à intervalles irréguliers, si bien qu'il était assez malai-
sé à étudier. Klaus se déplaça donc, parcourut
une assez grande distance tout au long de cette
sorte de large trottoir circulaire qui entourait
l'immense puits où était installée la mécanique
qui, de toute évidence, assurait le bon fonction-
nement de la mystérieuse tour.

Râx, naturellement, le suivait. Mais Klaus
sentait bien que le pstôr demeurait perpétuel-
lement en éveil.

Ils avaient eu aisément raison des deux premiers Mathématiques. Cependant, il demeurait
évident que ces deux-là n'étaient pas des sentinelles isolées et qu'avant peu l'audacieux et son
fidèle animal allaient se heurter à d'autres forces.

En attendant, il fallait mettre ce répit à profit et Klaus voulait avant tout comprendre
quelle était l'origine de ces clartés bizarres,
dont la luminescence exceptionnelle ne pouvait
pas ne pas avoir de rapport avec les gemmes
magiques.

Il les revit à deux ou trois reprises. Il lui

sembla que cela montait depuis le fond du gouffre, comme si des canalisations qu'il ne pouvait distinguer et qui se perdaient dans les méandres des innombrables rouages de la gigantesque mécanique conduisaient ces lucioles fantastiques vers le sommet, c'est-à-dire vers ce plafond incliné qui lui-même supportait les cellules aux esclaves et la tour proprement dite, braquée vers le ciel.

Parfois, des vibrations se manifestaient. Il semblait que tout cet ensemble se fût mis à vivre étrangement. Klaus les ressentait profondément et se rendait compte que Râx, de son côté, les percevait également.

Et puis le pstôr siffla, sur le mode d'alarme que Klaus commençait à savoir parfaitement interpréter.

On venait. Qui, sinon les Mathématiques ?

Il les vit. Ils étaient six, cette fois. Ils marchaient posément, avec cette agaçante précision, cet insupportable calme qui les caractérisaient. Ils venaient à la rencontre des intrus, l'arme à la main, n'évoquant en aucune façon des guerriers prêts au combat mais bien plutôt de débonnaires fonctionnaires se préparant à quelque besogne de père de famille.

Et pourtant, Klaus connaissait les dangers que représentait une pareille petite troupe.

Immédiatement, il avait saisi le xtaïx.

Il était prêt à se battre, se demandant toutefois si cela lui serait aussi aisé que la première fois.

Soudain, les Mathématiques disparurent à sa vue. Spontanément. Ils n'étaient plus là, ou plus exactement ils semblaient ne plus y être.

Dérouté, Klaus demeura ahuri un instant. Râx, lui, sifflait de façon de plus en plus alarmante, si bien que l'astronavigateur, se retournant, distingua un second groupe de six Mathématiciens, venant derrière lui.

Un groupe qui disparut avec la même rapidité à partir du moment où il l'eut entr'aperçu.

Crispé, le cosmonaute ne savait que faire. Mais l'attitude du pstôr l'aida à comprendre.

Ils étaient là. Les uns et les autres. Les deux groupes venaient à la rencontre l'un de l'autre, de façon à prendre Klaus comme dans une tenaille.

Et s'ils s'étaient ainsi aussi aisément volatilisés, ce n'était qu'apparence. En réalité, ils étaient toujour là mais on les avait enveloppés d'un réseau d'invisibilité qui perturbait les sens de Klaus Cox, sans préjudice du péril.

Plus que jamais, il faisait appel au xtaïx. La dynamisation née de l'aura du minéral agissait fortement sur son cerveau mis en état de réceptivité. Est-ce ainsi qu'il eut l'inspiration ? Ou la trouva-t-il simplement dans le tréfonds de son propre raisonnement ?

Toujours est-il que Klaus crut comprendre qu'il aurait peine, cette fois, en dépit de l'apport magique ou simplement purement matériel du xtaïx, à vaincre les Mathématiques. D'autre part, il comprenait qu'il fallait en finir par quelque coup d'éclat, si désespéré fût-il.

Il n'hésita plus. Il fit jouer le système antigrav de son sustentateur et se jeta dans le vide, ce vide d'ailleurs en partie comblé par la formidable installation mécanique.

Râx, d'un coup d'aile, le rejoignit.

Tous deux paraissaient en suspens au-dessus de cet abîme sombre, parmi les tubes, les canalisations, d'énormes conduits et des myriades de filaments, et aussi ces subtils supports qui amenaient par instants les fluorescences énigmatiques évoquant toujours la lumière merveilleuse des xtaïx.

Toute la mécanique vibrait. Klaus flottait littéralement et se demandait ce qu'il convenait de faire.

Il était dérouté parce qu'il n'apercevait plus ses ennemis. Mais il savait, il avait la certitude, qu'ils étaient là, présents, masqués par l'armure d'invisiblité, qu'ils le guettaient et que peut-être, cette fois, son allié minéral ne suffirait pas à le préserver, à lui donner la suprématie.

Alors, apercevant de nouveau les lueurs mystérieuses, comprenant que c'était là le fluide qui animait l'ensemble, qui donnait vie à la titanesque installation, Klaus, tout en se croyant définitivement perdu, songea au moins à porter un grand coup contre les Mathématiques, contre ces ennemis de toute humanité, en sabotant au maximum leurs manigances.

Il brandit son fulgurant et tira, un peu au hasard, à travers le mécanisme.

Aussitôt, il comprit qu'il venait de faire mouche. Les Mathématiques reparaissaient, les deux groupes de six individus qui n'avaient plus de raison de se cacher.

Mais ils ne tiraient pas sur lui et, bien que

connaissant évidemment les dispositifs antigrav, ils ne se lançaient pas à sa recherche.

La réponse était simple : les Mathématiques
évitaient de faire feu sur la précieuse machine,
et aussi de se heurter en plein vol au cosmonaute, ce qui eût pu provoquer d'autres avaries
dans le mécanisme.

Ce mécanisme sur lequel, presque étourdi-
ment, Klaus s'acharnait...

Râx voletait autour de lui en sifflant sur un
mode furieux et triomphant à la fois.

Plus que jamais, le grand ensemble s'était
mis à vibrer.

Cela monta, augmenta, grandit, s'enfla, prit
des proportions assourdissantes et le vacarme
devint infernal dans les soubassements de la
tour fantastique.

Et puis tout parut se mettre en marche.

Dans un grondement formidable, la tour, totalement détraquée par les agissements de
Klaus Cox, se mettait en marche à la façon
dont il avait pu l'observer de l'extérieur.

Le plafond incliné s'était mis à tourner, de
plus en plus vite, tout en oscillant, en prenant
des positions fantaisistes, irrationnelles, complètement en désaccord avec la rigueur habi-
tuelle qui présidait à toutes les entreprises
de la race mathématique.

Cette fois, les guerriers quittèrent le trottoir et n'hésitèrent plus à se jeter en vol antigrav pour s'emparer de Klaus.

Râx siffla, piqua vers lui, l'entraîna curieusement vers le bas.

Le groupe volant des Mathématiques arrivait.

Klaus ne chercha pas à comprendre. Il obéit au pstôr et régla vivement son sustentateur pour la descente.

Tous deux amorcèrent alors une véritable chute dans les profondeurs de la tour, dans l'ombre où luisaient les formidables tubulures, tandis qu'au-dessus d'eux, dans un bruit d'enfer, la tour, totalement déphasée, s'était mise plus que jamais à virevolter, en un mouvement cahotique, désordonné, tel un manège de démons.

CHAPITRE IV

Klaus avait eu l'impression de plonger dans un véritable enfer ténébreux, mais il se rendit compte presque immédiatement que l'obscurité n'était pas aussi absolue qu'il avait pu le croire au premier abord.

Des fluorescences étranges trouaient en effet l'ombre noire et il y retrouva, non sans surprise, les coloris suaves et mystérieux qui étaient l'apanage des xtaïx.

De véritables colonnes luminescentes se formaient autour de lui et de Râx. Cela paraissait monter du fond de l'abîme, s'élevant vers le plafond incliné, se perdant on ne savait comment, pas plus qu'on ne pouvait comprendre comment cela avait pu naître.

C'est entre ces colonnes, dans ce temple fantastique, immatériel, que l'astronavigateur et le pstôr s'enfonçaient, s'enfonçaient toujours...

Au-dessous, c'était le noir, l'inconnu, le gouffre. Au-dessus, la plus extravagante des constructions où — cela demeurait ancré en Klaus Cox comme un cancer — des êtres humains, dont son amie Giovanna, étaient bizarrement crucifiés.

D'autre part, le bruit demeurait effrayant et des sonorités inconnues résonnaient dans cette cuve gigantesque.

Le vacarme n'avait donc pas cessé. Il parut même aux oreilles du cosmonaute qu'il ne faisait qu'augmenter à la fois d'intensité et de fréquence. Il ne voyait rien, sinon ces fuseaux fluorescents, mouvants, séduisants d'aspect en opposition avec ce trou ténébreux, mais il lui semblait que des présences emplissaient l'abîme autour de lui.

Il pensa naturellement aux Mathématiques qui lui avaient déjà joué le tour de se rendre invisibles. Ils étaient là, il en avait la conviction. Seulement, pour des motifs qui lui échappaient, ils ne songeaient plus à s'emparer de lui ni du pstôr. Sans doute avaient-ils de bonnes raisons pour cela.

Parce que ce déferlement de colonnes luminescentes mais non irradiantes, véritables serpents dénués d'aura qui montaient, montaient sans cesse, et ce grondement effrayant, ces vibrations de plus en plus frénétiques, de plus en plus assourdissantes, devaient bien correspondre à quelque chose de dramatique.

De dramatique pour ce peuple bizarre qui, subitement, dédaignait de s'en prendre à l'intrus qui violait cette installation formidable et certainement délicate dans son grandiose.

Et puis, tout en poursuivant la descente, la

réglant du mieux qu'il le pouvait tout en s'arrangeant pour ne pas s'éloigner de Râx qui, lui, semblait bien savoir où il allait, Klaus Cox commença à distinguer des formes dans l'ombre.

Des silhouettes humaines, ou tout au moins humanoïdes : les Mathématiques.

Il les voyait assez mal mais reconnaissait les armures aux tons d'argent, luisant doucement, qui évoluaient parmi les colonnes de clarté. Tous, ils montaient, ils montaient même très vite et toute une équipe passa près de l'homme et de l'animal sans paraître y prêter la moindre attention.

Ils montaient et, en levant la tête, Klaus les vit s'élancer à grande vitesse vers la coupole inclinée surplombant ce puits gigantesque. Ils devaient tenir des objets divers, lesquels étaient évidemment des armes, thermiques, atomiques, ou à rayons paralysants. Ou autres, cette race étant réputée pour son diabolique génie.

Il en vint encore, et encore. Tous rapides, filant comme des flèches vers le haut du puits, c'est-à-dire la base de la tour.

Klaus crut comprendre : ce bruit infernal, ces feux mystérieux, cette horde guerrière qui se hâtait armes en main, tout cela ne devait-il pas correspondre à une alerte ?

On attaquait la tour. Qui ?

Klaus frémit.

N'était-ce point Martinbras et ses hommes, lesquels, lassés d'espérer le retour d'Arimaïla, de Coqdor et des autres, impatients au point de négliger les renseignements que Cox était chargé de ramener, commettaient la folie de s'en prendre à la race terrifiante ?

Il eut peur pour eux. S'il s'agissait d'eux. Déjà, il était à peu près sûr que le *Fulgurant*, astronef de croisière et de mission et non vaisseau de guerre, risquait de ne pas faire le poids face à l'éblouissante technique des Mathématiques.

Il venait encore de véritables grappes de ces guerriers en armures d'argent ; ils paraissaient voler, piquaient vers le haut, naissaient des ténèbres et se perdaient dans les ténèbres.

Et les colonnes continuaient à glisser leurs fluorescences sans jeter la moindre clarté ambiante, et le grondement formidable emplissait toujours l'immensité de l'abîme.

Mais Râx descendait, descendait. Et Klaus le suivait.

Il ne vit plus de Mathématiques. Il entendait encore le bruit et il distinguait les colonnes de lumière. Sous lui, tout lui parut encore plus noir.

Alors il entendit l'appel.

Plus intérieurement qu'auriculairement, en raison du vacarme. Mais il avait été touché psychiquement. Peu entraîné à la télépathie et parfaitement nul en ce qui concernait les phénomènes occultes, Klaus ne comprit pas très bien tout d'abord mais ressentit cependant une impression lénifiante.

Etait-ce encore un piège des Mathématiques ? Au point où il en était, il avait quelque raison de se méfier.

Alors Râx changea soudain d'attitude, revint vers lui, se mit à tournoyer en un mouvement qui lui était familier quand il voulait guider quelqu'un.

Klaus, d'ailleurs conditionné, quoi qu'il en eût, par l'appel mental, finit par se laisser convaincre.

Il étreignait son arme. Il se sentait prêt à saisir au besoin son poignard de cosmonaute, qu'il s'était exercé à lancer. Homme, soldat des étoiles, il savait se battre et faire face, avec la peur au ventre, ce qui constitue le véritable courage.

Et puis il distingua une silhouette. Humaine. Masculine. Mais cette fois, il sut tout de suite que ce n'était pas un Mathématique.

— Chevalier Coqdor !

Il se demanda un bref instant s'il rêvait, mais le temps n'était plus aux tergiversations.

Oui, c'était bien Coqdor. Coqdor debout sur une sorte de plate-forme dont le rebord arrondi annonçait qu'elle devait être circulaire et entourer le vaste puits de même façon que celle située bien plus haut et où Klaus avait débarqué en compagnie de Râx lorsqu'il s'était risqué sous les soubassements de la tour.

L'homme aux yeux verts, très droit, faisait un signe amical à Klaus Cox mais, avant que le cosmonaute n'eût rejoint l'officier-psychologue, Râx s'était jeté sur son maître, battant des ailes, avec une violence à le renverser, pour lui manifester sa tendresse. Il devait siffler selon son habitude mais les vibrations qui emplissaient le puits annihilaient tout autre bruit.

Coqdor saisit Cox par le bras et l'entraîna.

Ils dépassèrent une issue, se trouvèrent dans une pièce, sorte de vaste cellule aux parois évoquant le plastique. Mais insonorisée sans doute car Cox eut la satisfaction d'entendre parler Coqdor.

Il était encore abasourdi de sa chute, dans ce bruit, ces ténèbres crevées par les colonnes fluorescentes, par les commandos de Mathématiques. Mais, très vite, il se reprit.

Coqdor se tenait devant lui, souriant, un peu pâle, grattant le crâne de Râx qui ronronnait comme un gros chat et semblait avoir déjà oublié les émotions précédentes.

— Remettez-vous, Cox... Vite ! Nous avons une grande tâche à accomplir !

Encore éberlué, l'astronavigateur bredouilla :

— Mais... où sommes-nous ? Que se passe-t-il ?

— Je vous expliquerai plus tard ! Venez !

Il l'entraînait et Râx progressait à leurs côtés, incroyablement gauche, autant qu'il était majestueux en vol.

— Chevalier... Les Mathématiques...

— ... Sont attaqués ! Ce qui explique ce chaos !

— Mais par qui ?

— Hé ! N'avez-vous pas compris ? Les nuées... Les nuées vivantes, avides de se repaître de vitalité, de chair, de sang, ont été attirées par ces malheureux catalyseurs vivants qui sont crucifiés à la base de la tour...

Cox évoqua encore Giovanna. Pour un peu, il eût claqué des dents.

Mais en compagnie de Coqdor, il pénétrait dans une autre salle souterraine, immense celle-là. Il y voyait des machines, si complexes qu'il eût été bien incapable d'en comprendre le plan.

Plusieurs Mathématiques, hiératiques, paraissaient monter la garde.

— Il faut en finir ! Ce sont les derniers. Les autres, tous les autres, ont été lancés dans la bataille contre les nuages vivants !

Ils avançaient tous trois.

— Vous avez votre xtaïx, il me semble ?

— Oui.

— Il vous stimule, il vous protège... Attaquez sur la gauche... Moi, je me sers de Râx...

— Ne pouvez-vous hypnotiser un de ces... ?

— Je n'ai aucun pouvoir sur eux, Cox... Ils sont trop peu humains pour cela. C'est à la fois leur force et leur faiblesse. Vous saurez tout en temps utile !

Cox ne réfléchit plus et s'élança.

Deux Mathématiques s'avancèrent, toujours avec calme, braquant les fulgurants. Mais lui, ayant fait jaillir l'aura merveilleuse, stimulé par l'oiseau de feu, eut rapidement raison des humanoïdes. Il en abattit un et alors que le second osait se jeter sur lui sans tenir compte de son armure luminescente, il le poignarda proprement.

Il eut un mouvement de dégoût. Tuer ! Tuer encore et toujours ! Mais ces créatures étaient-elles des hommes ?

Coqdor, lui, avait profité de la diversion et lancé Râx contre deux autres sentinelles. Le pstôr eût été en danger et sans doute foudroyé par les fulgurants des Mathématiques sans le chevalier aux yeux verts qui avait réussi à provoquer une sorte de court-circuit dans le mécanisme. Sans doute avait-il trouvé le moyen de l'étudier, pensa Cox, qui se demandait, fortement intrigué, ce que l'homme étrange qu'était Coqdor pouvait bien faire dans ce gouffre.

— Par ici !... Regardez !

Cox fut un instant extasié. Parce qu'il voyait naître devant lui ces colonnes de clarté qui l'avaient tant intrigué lors de sa descente dans l'abîme.

Elles jaillissaient d'une formidable machinerie, façonnée en une dizaine de tubulures énormes, concentriques, soutenant plusieurs vasques de métal desquelles montait directement cette lumière qui n'irradiait pas.

— Comprenez-vous ? Là-dedans, là-dessous... Des xtaïx... Ils nous les ont volés... Ils ne les avaient pas encore trouvés sur le planétoïde... Et ils se sont servis de nous... La machine était toute prête... Ils utilisent l'aura, la canalisent...

— Mais... l'apport humain... Ce sont les esclaves, n'est-ce pas ?

— Exactement, puisque eux-mêmes ne possèdent pas un subconscient susceptible d'enclencher ce mystérieux mécanisme qui crée la synthèse nécessaire entre l'homme et le minéral et fait jaillir les oiseaux de feu...

— Pourquoi justement un oiseau ?

— Sans doute parce que, dans la nuit des temps, le premier humain qui a éprouvé l'aura a dû penser à un oiseau... Un automatisme a été engendré... Mais trêve de bavardages !... Il faut nous emparer des xtaïx...

Ils durent encore lutter contre quatre Mathématiques. La pierre portée par Cox fut des plus salutaires en la circonstance, ainsi d'ailleurs que les attaques redoutables de Râx.

Bruno Coqdor mena Cox. Ils s'en prirent directement à une sorte de réservoir placé sous l'énorme mécanisme. Coqdor paraissait savoir parfaitement ce qu'il faisait et, bientôt, Klaus découvrit, dans plusieurs cylindres horizontaux, disposés de sorte qu'ils épousaient le mouvement des fortes tubulures, l'émerveillement des gemmes magiques.

On les distinguait par des sortes de petits hublots, d'une matière analogue au dépolex des Terriens, pratiqués dans la masse du cylindre.

— Voilà le moteur de la tour... L'aura, captée, est en quelque sorte transmutée de lumière statique en énergie par le truchement des cerveaux humains des esclaves enchaînés au bas de la tour...

— Et ensuite ? J'ai vu un rayon... un rayon interminable, braqué vers le ciel comme une menace... Pourquoi ? Dieu du cosmos ! Mais pourquoi ?

Coqdor eut un geste désespéré.

— Pourquoi ? Au nom du mal ! Du mal gratuit ! Du mal imbécile ! Avez-vous entendu ceux d'Inab'dari parler du Grand Cœur ?

— Oui. Le pulsar. L'étoile palpitante qu'ils adorent tel un dieu tutélaire... Superstition, bien sûr ! Mais peut-être réalité mystérieuse s'il est vrai qu'il existe un rapport entre un soleil et un humain...

— Eh bien, écoutez cette monstruosité : *ils veulent tuer le pulsar !*

— Pourquoi ? hurla encore Klaus Cox.

— Parce que... parce que qui tue ne tue que pour tuer... Qui détruit ne détruit que pour détruire... Qui veut et fait le mal n'agit que « parce que »...

Ils avaient perdu un temps peut-être précieux. Ils s'emparèrent chacun d'un cylindre après que Coqdor eut fait jouer des rouages qui libérèrent ces containers. Il prit encore un moment pour détacher les autres de la machine et Cox constata aussitôt que les colonnes de lumière cessaient de se manifester.

— La tour ne fonctionne plus, gronda Bruno Coqdor. Un javelot de moins dans le Grand Cœur !

— Un de moins ! Il y en a donc d'autres ?

— Hélas !... Mais nous, fonçons ! Im' va se reprendre !

— Im'... ?

— Leur chef. Du moins le chef de leur base sur le planétoïde.. Nous remontons, Cox... Des humains sont en péril... Les esclaves, menacés par les nuées et que les Mathématiques auront peine à contrer... Mais nous... avec cela !

Ils portaient chacun un cylindre, outre la

pierre unique qui avait déjà rendu tant de services à Cox. Plusieurs centaines de xtaïx chacun.

Leur pouvoir était formidable. Klaus Cox repartit un instant après, dans l'immense puits remontant, cette fois, vers la surface.

Et Coqdor montait lui aussi, soutenu par Râx qui l'enlevait d'un vol lent et sûr, au secours des victimes des Mathématiques, au secours du Grand Cœur.

CHAPITRE V

Les Mathématiques se battaient. Avec l'attitude stupéfiante qui était la leur en permanence. Impavides, mesurés, n'exécutant que les mouvements qu'ils pouvaient croire strictement indispensables en la circonstance, ils évoquaient assez bien les personnages des films d'animation, chez lesquels le plus petit geste a été soigneusement étudié, sans gesticulation stérile.

Ils faisaient face. A quel ennemi ! Le nuage vivant, monstre multiforme, coloré, magnifique et épouvantable, subtil et formidable, qui enveloppait maintenant la base de la tour.

Les Mathématiques résistaient de leur mieux. Mais leurs armes, si perfectionnées fussent-elles, ne pouvaient sans doute pas grand-chose contre ce démon exceptionnel, cette curieuse force naturelle mystérieusement douée d'une sorte de raisonnement embryonnaire, et surtout de cette puissance hypnotique qui lui apportait un potentiel agressif supplémentaire.

Les commandos en armure d'argent résistaient bravement. Mais leurs rangs s'éclaircissaient déjà, encore qu'une véritable horde armée eût jailli des profondeurs du planétoïde, en cette usine souterraine où Klaus Cox avait retrouvé Bruno Coqdor.

Ils défendaient la tour, cette tour à destination incompréhensible encore pour l'astronavigateur, cette tour dont il avait lui-même allègrement saboté le mécanisme en tirant à tort et à travers dans les rouages. Et sans le vouloir, il avait agi ainsi à peu près au moment où le nuage vivant avançait, félin titanesque, hydre polyvalente, attiré peut-être par ces proies offertes que représentaient les dix malheureux esclaves enchaînés là pour servir de catalyseurs (Klaus Cox, maintenant, le savait) aux xtaïx qui ne réagissaient qu'à une authentique nature humaine.

Klaus Cox, muni de son antigrav, Coqdor soutenu par le puissant Râx, jaillirent à leur tour sous le soleil Epsilon, dans la lumière bleutée qui dominait la petite planète.

La tour avait cessé de tournoyer, les Mathématiques ayant sans doute réussi à réparer l'avarie. Mais la flèche luminescente de la pointe avait disparu et rien ne menaçait plus le ciel. Cependant, Klaus, le cœur serré, aperçut encore dans les alvéoles de la base les malheureux crucifiés, voués de toute façon à un sort épouvantable : soit de continuer à servir d'outils vivants aux Mathématiques pour leurs sinistres desseins, soit d'être dévorés par la nuée fantastique.

Une nuée qui éprouvait évidemment quelque difficulté à venir à ses fins, puisqu'elle se heurtait aux Mathématiques. Toutefois, il semblait bien évident que, malgré la force, le courage des êtres en armure d'argent, le combat finirait en leur défaveur car nulle puissance mécanique ni même atomique ne paraissait pouvoir venir à bout de ce phénomène étrange.

Alors Klaus Cox et Bruno Coqdor entrèrent en lice.

Ils survolaient la tour, ils se heurtaient de front à la masse nébulosoïde qui, comme surprise, avait eu à leur apparition un mouvement de recul, du moins localisé.

Les Mathématiques, un instant après, cessèrent d'un seul coup la lutte devant le spectacle qui leur était offert. Ce qui leur arrivait devait les stupéfier mais, selon leur nature, ils n'en laissaient rien paraître.

Ils regardaient. C'était tout.

Parce que, hyperdynamisés par les cylindres bourrés de xtaïx, représentant une puissance inouïe, incalculable, un élément inconnu dans le cosmos, une véritable magie à base purement matérielle mais transposée par le cerveau humain avec lequel la masse des xtaïx se mettait en symbiose, les deux hommes allaient promptement repousser la nuée.

Déjà, le monstre nuage avait été vaincu par des humains munis de xtaïx. Mais ce premier engagement n'était rien auprès de ce qui survenait à présent. Le chevalier et l'astronavigateur apparaissaient sertis non plus d'un seul oiseau de feu irradiant, mais chacun de dix, de cent, de mille de ces oiseaux impalpables et cependant à l'action illimitée.

Il semblait, au-dessus et alentour de la construction élevée par les Mathématiques, que le ciel tout entier fût envahi par la splendeur des fantasmes réalisés sur le plan holographique. Il y avait, au centre de chacune de ces formidables auras, un seul petit être humain, tout simple, tout chétif, fragile et comme livré au vampire géant. Mais chacun de ces hommes portait un cylindre, et chaque cylindre était plus puissant que mille bombes atomiques, que l'explosion de mille soleils.

Une force inconnue, démesurée, titanesque, refoulait la nuée, la harcelait, la lardait de coups imparables. Vivement, l'entité nébuleuse dut le comprendre car elle tenta aussitôt une retraite. Sa masse changeante, douée subitement d'une vitesse ignorée, déserta les abords de la tour, tenta tout d'abord de fuir vers le zénith.

Mais les humains la traquaient, et les oiseaux de feu, multipliés à l'infini, formaient une armée céleste, envahissaient la voûte, transmutaient la lumière d'azur dominante de ses rutilances, de ses chatoiements merveilleux.

Ils montaient, montaient toujours, harcelant l'ennemi déjà désemparé, en fuite.

Alors la nuée changea de tactique et, renonçant à cette échappée en hauteur, tenta de s'envoler vers l'horizon.

Coqdor et Cox ne lâchaient pas prise. Ils comprenaient qu'ils avaient une fois pour toutes l'occasion de purger la planète d'un de ses monstres les plus redoutables. Peut-être existait-il sur le satellite inconnu quelque autre de ces démons informes, mais au moins l'un d'eux devait périr, libérer le petit astre.

Ils le poursuivirent, ils le traquèrent. Ils allaient maintenant vers les monts lointains, et les Mathématiques, à présent tous immobiles autour de la grande construction, suivaient des yeux les combattants qui se perdaient déjà vers l'horizon.

Et les malheureux esclaves, immobilisés dans les compartiments, pouvaient eux aussi suivre les modalités du combat, du moins jusqu'à ce que les antagonistes finissent par s'effacer au lointain.

Longtemps, on distingua encore la tache colorée du nuage vivant et la fantastique horde d'oiseaux de lumière, emplissant le ciel comme un soleil de mystère et de féerie.

Coqdor revit, en vol, toujours emporté par Râx qui ne flanchait pas, le désert où ils avaient enfin trouvé le gisement des xtaïx. Il distingua les végétaux mutilés, dont plus d'un n'étaient plus maintenant qu'un débris desséché. Mais il n'avait pas à s'attarder à pareille contemplation.

D'ailleurs, Cox et lui ne réfléchissaient guère. Leur nature humaine était envahie par la puissance des gemmes. Un seul xtaïx dynamisait un homme, en faisait une sorte de démiurge au pouvoir difficilement limité. Mais ce n'était rien auprès du formidable potentiel représenté par les cylindres où les pierres s'accumulaient par centaines.

Les deux hommes étaient totalement absorbés par cette radiation qui étendait son action sans bornes, qui paraissait atteindre le firmament tout en dominant le sol de la planète.

Ils franchirent ainsi le désert, poursuivant sans relâche le nuage vivant maintenant totalement en déroute. Ils passèrent les monts. Râx eût sans doute donné en toute autre circonstance des signes de fatigue, le poids d'un homme représentant une bien lourde charge. Mais, évidemment, le pstôr bénéficiait lui aussi de l'apport exceptionnel des xtaïx et il devenait une sorte de dragon à l'animalité dépassée.

Le nuage avait changé de tactique. Il semblait chercher à présent à se dissimuler vers le terrain, dans les roches, peut-être souhaitant quelque faille du sol pour s'y engloutir et échapper au terrible rayonnement.

Alors Coqdor comprit ce qu'il devait faire, quelle tactique utiliser pour en finir à jamais avec le vampire du planétoïde.

Parmi le massif montagneux, il distinguait une sorte de large vallée s'évasant en cuvette. Une vallée au fond de laquelle il apercevait de singulières silhouettes.

Il reconnut le lieu diabolique où les émanations du sol fossilisaient toute manifestation de vie.

Maintenant, plus fort que jamais en télépathie, grâce au support des xtaïx, il dicta *sa* conduite à Klaus Cox et tous deux s'écartèrent et progressèrent de façon à encadrer la nuée.

La nuée qui rampait littéralement sur les flancs des monts rocheux, s'évertuant vraisemblablement à trouver la crevasse salvatrice où elle s'abîmerait pour se protéger du vol majestueux et impitoyable des oiseaux de feu qui cerclaient les deux hommes.

Mais le mouvement des volants amenait à présent deux vols différents des merveilleux fantômes de lumière. Serrée de près, roulant près du sol comme brume matinale, s'étalant, se repliant, refluant, se gonflant et croulant tour à tour, la nuée glissa entre deux rangs de rocs aigus, se faufila littéralement en évoquant un gigantesque reptile, parvint là où Coqdor souhaitait l'amener, dans la cuvette même, au fond de la vallée, cette vallée où dans la lumière bleue se dressaient les formes torturées, maladives, des malheureux cosmonautes qui y avaient échoué au cours des siècles, en d'innombrables expéditions interplanétaires.

Coqdor et son coéquipier manœuvraient avec adresse. Tandis que le chevalier, toujours soutenu par le pstôr, harcelait l'adversaire en le poursuivant, Cox, lui, se déplaçait vers l'avant de façon foudroyante.

Et, grâce à eux, dans le ciel, surplombant le monstre aux mille formes, il y avait maintenant un double nuage, lumineux celui-là. Un double vol de centaines d'oiseaux de feu, impalpables et plus redoutables que toutes les escadrilles les mieux armées.

Le nuage vivant offrait l'aspect d'une bête effrayée et la façon dont il se coulait entre les roches évoquait curieusement une terreur mêlée d'humilité, tant la grandeur de ses glorieux antagonistes le dominait.

C'est ainsi qu'il parvint où voulait le contraindre Coqdor.

Au redoutable terrain fossilisant, là où stagnaient éternellement ces spectres matérialisés qu'étaient les malheureux stratifiés.

Un instant, le nuage s'étendit sur ce sol diabolique. Sans réaction particulière tout d'abord.

Puis un grand frémissement agita l'immense masse et il était visible que la nuée, largement étendue, polyvalente, sans lignes parfaitement définies mais constituant un tout, une entité seulement fantaisiste de forme, tentait brusquement de refluer, saisie par l'impression terrible qui se dégageait du terrain.

Mais sans doute était-il déjà trop tard.

Sur ce planétoïde extraordinaire, le vampirisme prenait des apparences diverses. La nuée, comme le terrain de cette vallée infernale, se repaissait de vitalité. Or, la nuée vivait.

Et le terrain s'évertuait déjà à l'absorber, comme il avait absorbé la vie de plus d'un humain, plus d'un animal, comme il eût dévoré un végétal.

Alors, toujours en survol, les deux cosmonautes assistèrent à la lutte la plus effrayante qui puisse être.

Toute la masse du nuage s'agglomérait d'un seul coup, formant une sorte de sphère en laquelle il était aisé de deviner une condensation désespérée de la puissance totale de l'entité.

Un globe géant, haut de plus de cent mètres et dont la base adhérait de façon irréversible à la surface de ce sol hérissé de corps torturés et sinistrement immobiles pour l'éternité.

Hallucinés, planant au-dessus du lieu de ce fantastique duel, duel dont l'issue, déjà, ne faisait plus guère de doute, ils virent la sphère agitée de soubresauts tellement atroces qu'ils en ressentaient une incommensurable angoisse.

Oui, eux, humains, avaient mal pour l'entité, l'entité inhumaine mais vivante, créature incompréhensible mais créature, qui souffrait autant qu'un élément aussi peu proche de la vie charnelle puisse souffrir, mais dont les convulsions indiquaient immanquablement la détresse, le désespoir, tant le nuage vivant devait déjà saisir mystérieusement qu'il allait périr, que la fossilisation commençait.

De quelle contexture pouvait bien être la nuée ? Ni Bruno Coqdor ni les autres cosmonautes ne s'en étaient encore tellement préoccupés. Toujours est-il que, sans doute pour condenser ses forces, la sphère diminuait considérablement de volume, tandis que sa couleur fonçait de plus en plus, indiquant en ce rétrécissement la concentration atomique.

Il n'y eut plus bientôt qu'un globe, d'ailleurs très déformé, d'un diamètre approximatif de moins de vingt mètres. Mais un globe qui continuait à s'agiter en soubresauts violents, évoquant nettement une vie qui s'en va, qu'une goule impitoyable absorbe.

Coqdor enjoignit mentalement à Râx de descendre quelque peu, au risque d'être pris dans l'attraction du sol infernal. Mais il voulait voir, assister à la fin de l'entité vampirique.

Il put constater que, vers la base, le nuage n'était déjà plus qu'une masse solidifée. La fossilisation commençait, gagnait petit à petit l'ensemble de la sphère.

Elle diminua encore, parut rétrécir en spasmes irréguliers, affreux à voir.

Finalement, cela évoqua une baudruche qui se dégonfle, après un dernier soubresaut plus vif que les autres.

Planant dans le ciel, les cosmonautes distinguèrent alors ce qui avait été le nuage vivant, terreur du planétoïde : une sorte de roc informe, haut de sept ou huit mètres, dont les couleurs viraient au livide, sous la dominante clarté bleue.

Cela ne bougeait plus, cela se fondait avec l'ensemble de ce paysage de désolation, au milieu de la danse macabre figée des humains fossilisés.

Coqdor et Cox cessaient de lutter et, l'apport psychique n'existant plus, il n'y avait plus dynamisation par catalyse des xtaïx, si bien que le vaste nuage des oiseaux de feu pâlissait, s'estompait petit à petit jusqu'à disparaître complètement.

Alors Râx, ne bénéficiant plus du formidable stimulant, se mit à donner des signes évidents de fatigue. Il supportait depuis des heures le poids d'un homme et il n'était plus qu'un pauvre animal à bout de forces.

Coqdor, sortant lui-même de l'état second que lui avait apporté ce combat où il jouait un rôle de truchement, s'en rendit parfaitement compte. Il se sentait soudain las, meurtri, courbatu, ruisselant d'une mauvaise sueur.

Il dirigea l'animal, lui parlant doucement, vers les montagnes, où Cox les rejoignit quelques instants après.

Ils s'effondrèrent, s'étendirent à même le sol, gardant cependant les précieux cylindres à portée de main.

Râx haletait, tirait la langue, et il ne tenait plus sur ses pattes. Les ailes à demi déployées, il reprenait péniblement sa respiration, auprès d'un maître qui ne valait guère mieux.

Klaus Cox avait tenu jusqu'au bout mais il avait presque perdu connaissance.

Epsilon dominait. La lumière bleue jetait ses feux étranges sur le fond de l'infernale vallée, où les morts statufiés formaient leur ronde éternelle accompagnés désormais du plus étrange des compagnons, de la victime la plus stupéfiante de ce sol aux irradiations mortelles, un nuage qui avait été une chose vivante, qui avait semé la terreur sur le satellite.

Pendant deux heures au moins, ils restèrent

ainsi, littéralement abrutis par la fatigue co-
lossale qui les accablait.

Alors l'astronavigateur releva la tête et murmura :

— Et maintenant, chevalier, éclairez-moi...
Dites-moi tout ce que je brûle de connaître...
Dites-moi tout ce que vous savez sur les Ma-
thématiques !...

CHAPITRE VI

Récit de Coqdor :

Contrairement à ce que nous pensions à bord de l'astronef mathématique, nous n'avons pas été emmenés très loin. Nous estimions que ces êtres bizarres voulaient rallier leur monde patrie. Il n'en fut rien et nous nous sommes retrouvés, quelques heures seulement après les tests auxquels Giovanna avait été soumise, sur ce que nous avons pris tout d'abord pour l'aire d'une planète de petites dimensions.

Très rapidement, nous vîmes qu'il s'agissait en fait d'un vaisseau géant. Un de ces astronefs mères qui permettent de franchir des distances considérables dans l'interstellaire et devenus gigognes, lâchent des engins plus petits dans divers azimuts.

Je pense qu'il en était ainsi. Mais cette cons-

truction, de dimensions absolument fantasti-
ques, constituait une véritable petite planète
artficielle qui servait, je ne tardai pas à l'ap-
prendre, de base capitale pour l'expédition ma-
thématique dans la constellation du Lion.

Nous pouvions nous y attendre, nous avons
subi des examens analogues à ceux dont on
avait en quelque sorte favorisé Giovanna. Quant
à moi... un sort un peu différent m'était réser-
vé. J'ai connu Im'...

(Ici, l'homme aux yeux verts soupira et Klaus
Cox fit remarquer qu'il avait déjà prononcé
ce nom devant lui.)

Je vous l'ai dit, Cox, Im' est le chef de la base
installée par les Mathématiques sur le plané-
toïde aux xtaïx. Une base dont le seul but était
justement la recherche de ce gisement qui leur
échappait. Ils étaient sans le savoir très près du
désert où le sol recelait les précieux cailloux.
Mais ne possédant ni le parchemin virgonien
ni aucune indication sérieuse, ils auraient pu
chercher longtemps. Nous les avons servis à
notre corps défendant. Revenons à Im'.

Im' est une femme. Du moins ce qui, dans la
race mathématique, correspond au sexe qui
donne la vie.

Morphologiquement, elle est plutôt petite,
bien proportionnée et ses traits seraient sans
doute agréables si elle savait sourire. Mais elle
ne sourit pas, ne rit pas. Et ne pleure pas da-
vantage. Comme tous ceux et celles de son peu-
ple.

Im' est vivante d'une vie dont le métabolisme m'échappe. Mais insensible. Elle ignore la peur comme le chagrin, la joie comme l'enthousiasme. Im' est une logicienne parfaite et méconnaît tout ce qui n'est pas strictement utilitaire à travers l'univers.

Im, femme, est susceptible de s'accoupler à un ou plusieurs de ceux qu'on peut appeler des hommes, au moins des mâles. Disons tout de suite que de telles étreintes sont dénuées de tout plaisir. Cela se fait, voilà tout, parce qu'il faut engendrer des enfants, de petits Mathématiques qui seront tout aussi neutres que leurs géniteurs. Je n'ose dire leurs parents, puisqu'ils sont élevés en commun, et reçoivent les mêmes soins rigoureusement indispensables à leur croissance, à l'exclusion de toute marque de tendresse.

Les Mathématiques ignorent l'amour, l'amitié et toute forme d'art. Comme d'ailleurs leurs antithèses : haine, vindicte. Quand ils tuent, c'est parce qu'ils estiment que c'est nécessaire... logique, désespérément logique ! Un meurtre gratuit, une destruction inutile sont choses qui leur échappent totalement.

Mais ils ont des buts. Une sorte de recherche de la conquête. Et ils disposent d'une intelligence en rapport avec leur caractère. Quasiment illimitée... du moins théoriquement. Parce que les failles existent tout de même.

Ils ont compris dès longtemps qu'il y a une foule d'éléments qui leur échappent, éléments plus ou moins subtils, plus ou moins fragiles, mais aussi extraordinairement puissants, apanage de cette nature humaine qu'ils méprisent totalement.

Non sans savoir l'utiliser au besoin, d'où les razzias au cours desquelles ils raflent le plus possible d'humains. Des esclaves ? Bien sûr. Surtout une sélection parmi les sujets les plus doués pour diverses branches. Ainsi, dès notre capture, il paraît qu'on avait deviné chez Giovanna Ansen une particularité très prisée des Mathématiques : la propension à servir de catalyseur pour les radiations en général et naturellement surtout celles des xtaïx. Ce qui vous explique qu'elle est de ceux qu'on a ramenés sur le satellite, alors que Knet'ag, Arimaïla, Jonson et Aligro demeurent avec bien d'autres prisonniers sur la planète artificielle.

Vous vous demandez pourquoi je suis ici, certainement. Cela dépend d'Im'. Im' est très renseignée, car les Mathématiques disposent d'un formidable réseau d'espionnage interplanétaire. Elle sait qui je suis, quelle est — pardonnez-moi — ma réputation. Un officier psychologue, dont on assure qu'il possède le don de médiumnité, cela l'intéressait au plus haut chef. Si bien que j'ai été très bien traité et non comme un simple captif, que j'ai été hébergé dans l'installation souterraine et amené à discuter longuement avec cette... disons : cette femme !

Elle voulait savoir beaucoup de choses sur la nature humaine, sur nos planètes, notre comportement, que sais-je ? Parallèlement, elle ne se fit pas prier pour parler librement de sa propre race. Parce que, selon elle, rien ne s'oppose à ce que je le sache.

Il était bien entendu qu'elle n'avait nullement l'intention de me relâcher et je sais très bien que je n'en ai pas fini avec elle. Ni vous non plus, Cox.

Im' m'a ainsi expliqué que, se servant au mieux des humains qu'ils capturent, ils les classent en diverses catégories. Simples serviteurs ou catalyseurs pour les radiations et aussi les expériences de télépathie, de parapsychologie et assimilées. Ils recherchent certains intellectuels afin de se documenter sur l'univers, dont, je m'en suis rendu compte, l'esprit leur échappe. Leur inhumanité se heurte là à un mur. Ils n'en ont pas moins réussi à convaincre certains humains influençables de les servir. Et c'est ainsi que, d'une planète à l'autre, des gens comme vous et moi, parfaitement neutres, sont leurs créatures, les renseignent, les guident, espionnent à leur profit de façon scandaleuse. On doit reconnaître qu'ils ont un sens aigu de l'organisation. Ils sont plus près de la machine que de l'animal et on jurerait que chacun a, en guise de cerveau, un mini-ordinateur. L'ensemble de la race constituant de ce fait la plus formidable mécanique logicienne qui fût jamais à travers le cosmos.

Ils vont loin, très loin, plus loin que n'importe quel génie humain dans le domaine de l'intelligence.

Mais ils ne peuvent justement aller plus loin

*que l'intelligence absolue. Il leur manque cet
instinct, cette prémonition, cette intuition si
particulière aux hommes et généralement bien
plus encore aux femmes. Je parle des simples
humains.*

*Je vois que vous brûlez de savoir, en savoir
davantage. Et surtout de poser la question pri-
mordiale : qui sont-ils ? D'où viennent-ils ?*

*Je puis vous dire déjà que, d'après mes con-
versations avec Im', ils ne doivent rien en
savoir eux-mêmes. Pas plus que les humanoïdes
de tous les univers, lesquels s'interrogent et
n'en finissent pas et n'ont pas fini de s'interroger sur leur propre genèse à laquelle tant de
religions, de philosophies, de sciences s'effor-
cent vainement de répondre depuis... Mais y
a-t-il eu seulement un commencement dans
l'éternité ? C'est peut-être un non-sens que de
l'imaginer.*

*Im' comme ses pareils, se soucie peu de mé-
taphysique. Elle est. Ils sont. Ils suivent une
conduite d'ordre général pour laquelle ils met-
tent tout en valeur et ne reculent devant rien.
Sans cruauté. Sans passion. Ainsi que je vous
l'ai déjà dit, leur doctrine tient en cette simple expression : parce que...*

*Mais moi, je suis un homme. Avec ses fai-
blesses et son ardent désir de savoir, de raison-
ner, de comprendre...*

J'ai échafaudé des hypothèses.

*Sont-ils des damnés, rejetés du maître du
cosmos, auto-victimes de la science du bien et*

*du mal, ayant choisi le mal à l'origine, et voués
à ce sort dont la neutralité morne paraîtrait
épouvantable à n'importe quel être de n'importe quelle planète ?*

*Des robots ? Construits il y a des temps et
des temps par quelque génie, ou plus raisonnablement par un collège génial ayant réussi la
synthèse biologique, la reconstitution cellulaire, formant ainsi une race uniquement charnelle ?*

*Constituent-ils un formidable ordinateur
dont les rouages seraient alors non des éléments
matériels, mais uniquement des cellules vivantes, sans autre lien entre elles qu'un système
nerveux artificiellement réalisé, fonctionnant
comme celui de l'homme, mais à l'écart de ses
réactions incontrôlées ?*

*Un être collectif, comme on le croit de certains insectes communautaires, tels que nos
fourmis, termites, abeilles, et dont il existe des
homologues dans divers mondes, races animales relevant d'une force de groupe plus proche
de l'usine que de la cité ?...*

(Ici, Bruno Coqdor fit une pause. Cox le laissait parler, n'osait vraiment l'interroger, fasciné par ce discours, par une telle révélation.
Mais l'astronavigateur devina que l'officier-psychologue avait encore une autre idée, qu'il
allait émettre une nouvelle hypothèse, peut-être plus proche de la vérité.)

J'ai été amené à imaginer une autre explica-

tion. Oh ! je n'ai rien inventé. Je suis homme
et comme tel simplement l'héritier de l'immense humanisme de notre race terrienne... Bien
des savants ont pensé que notre humanité est
née par hasard en niant toute origine divine...
Je crois, moi, à l'esprit créateur qui se mani-
feste justement par la gratuité de ses dons. Et
la gratuité est ignorée des Mathématiques.

Alors, si en la circonstance, ces savants ma-
térialistes avaient raison, et si nos étranges ennemis étaient nés ainsi, et n'étaient qu'un
accident biologique à travers l'univers ?

Parce qu'ils réalisent très exactement ce que
serait notre humanité, ce que nous serions tous,
globalement, dans le cas où le monde — mais
alors on n'explique toujours pas sa genèse sur
le plan minéral — serait spontanément jailli
d'une première cellule fabriquée par un choc
quelconque, par une réaction chimique, si nous
n'étions jamais qu'un amalgame d'atomes ayant
les acides aminés pour premier stade...

Oui, ce que serait un monde sans étincelle
divine, une pseudo-humanité qui se reproduit,
évolue et retourne au néant, voilà ce que sont
les Mathématiques. Les vis, les écrous, les plots,
les manettes, les engrenages et les circuits d'une
jolie mécanique sans âme.

Que je raisonne sur le plan philosophique ou
seulement le plan rationnel, j'en arrive à un
résultat analogue. J'ai beau tenter de neutrali-
ser mon imagination poétique, devenant aussi
logique qu'eux, je ne parviens à les expliquer
qu'ainsi...

Si je croyais au hasard, ils seraient le monde du hasard !

Coqdor s'était tu.

Klaus Cox ne réagissait pas. Il était abasourdi de pareilles révélations. Mais à la lumière des paroles du chevalier de la Terre, les choses s'éclairaient pour lui et il commençait à comprendre ce qui s'était passé.

Et cela lui faisait peur. Car que pouvait-on attendre d'individus de cet acabit, plus androïdes qu'humains, véritables machines biologiques, sans plus ?

Râx, qui demeurait prostré au sol, les ailes écartées, dormant d'un œil selon son habitude, parut soudain parcouru d'un frisson électrique.

Il se dressa, siffla sur un mode aigu qui fit tressaillir Coqdor.

Le pstôr avait subitement perdu son apparence de lassitude. Il se dressait sur ses pattes griffues, déployait ses ailes en un mouvement vigoureux et ses yeux dorés étincelaient tandis qu'il dardait un regard vif vers le ciel.

— Danger !

C'était ce que signifiait pareille attitude. Instinctivement, les deux hommes avaient mis la main sur les cylindres contenant les précieux xtaïx, prêts à se battre encore.

Mais nulle nuée vivante n'apparaissait. En revanche, au-dessus des pitons voisins, ils distinguèrent presque aussitôt un petit engin volant, d'un type qu'ils ne connaissaient pas, très aérodynamique et qui filait à toute allure.

— Les Mathématiques !

Ils étaient sur leurs gardes. Râx sifflait avec fureur. L'engin tourna un instant et vint s'immobiliser, tel un hélicoptère ultra-perfectionné, au-dessus de leurs têtes, à quelques mètres seulement.

Un micro diffusa quelques mots, prononcés d'une voix parfaitement atone :

— Ne craignez point ! Nous n'avons à votre endroit aucune intention hostile. Nous vous remercions d'avoir délivré le planétoïde de la nuée vivante. Je vais descendre seule et sans arme, ainsi vous verrez notre bonne volonté. Je désire m'entretenir avec vous deux.

Si neutre que fût cet organe, on y distinguait vaguement des harmoniques féminines.

Klaus Cox, encore qu'il ne l'eût jamais vue, murmura :

— C'est Im', n'est-ce pas ?

Bruno Coqdor approuva de la tête.

Ils posèrent les cylindres en signe de bonne volonté à leur tour. Et l'engin descendit lentement.

Coqdor était persuadé qu'il n'y avait aucune traîtrise à craindre. De toute façon, les Mathématiques devaient se croire encore très forts.

Cox vit alors descendre, sur une petite échelle de coupée qui se replia aussitôt derrière elle, une femme.

Im'. Une femme mathématique.

C'est-à-dire un joli robot charnel. Au visage régulier, incroyablement régulier et dénué de ces fantaisies unilatérales qui donnent souvent tant de charme à une personnalité. Un visage qui n'avait jamais été agité d'un seul spasme de joie, qui ignorait le sillage des larmes.

Cox appréciait le beau sexe. Il ne put donc s'interdire de détailler les formes de cette créature, formes qui apparaissaient nettement sous l'armure d'argent.

Formes bien galbées, au dessin accentué. Et cependant, il n'en ressentit aucun trouble, il ne fut nullement séduit par ce corps qui apparaissait parfait. Il sentait bien qu'il n'avait pas devant lui une femme sensible, capable de vibrer sous une caresse.

Im' s'avança. Cox, comme Coqdor, la salua.

Du geste, l'homme aux yeux verts avait apaisé Râx qui se renfrogna, replia ses ailes et s'en enveloppa. Désormais, les affaires des humains ne l'intéressaient plus.

Impassible, Im' parla.

De cette voix monocorde, dénuée de toute vibration indiquant quelque passion, la moindre fluctuation de l'esprit. Cox, qui l'entendait pour la première fois, en fut tout d'abord surpris, et bientôt extrêmement agacé. Même un ordinateur perfectionné ne parlait pas avec autant d'insenisiblité.

En quelques mots mesurés et dénués de toute circonlocution, Im', chef de la base mathématique, félicita et remercia les deux humains d'en avoir fini avec la nuée vivante.

Et elle prononça, toujours avec la même monotonie :

— Vous nous avez servis. Nous nous sommes servis de vous.

— Comme vous le faites de tous les humains, ne put s'interdire de lancer Klaus Cox, avec amertume.

— C'est logique, n'est-ce pas ? Puisque vous seuls pouvez nous être utiles en pareilles circonstances, et catalyser la puissance des xtaïx.

Le raisonnement était trop beau. Cox ne sut rien répondre.

— Je savais... nous savions... ce que vous alliez faire. Aussi, reprit Im', ai-je donné des ordres pour que vous puissiez aisément rejoindre le chevalier Coqdor, pénétrer dans nos machineries, vous emparer des xtaïx, et aller ainsi vous battre contre les nuées...

Cox eut un haut-le-corps.

— Mais nous avons blessé, tué plusieurs des vôtres !

— Cela était prévu et sans importance, fit la voix sans timbre.

Cox sentit un frisson le parcourir. Cette race abjecte sacrifiait délibérément certains de ses membres pour le but d'ensemble. Et sans doute ces victimes acceptaient-elles d'emblée un pareil sort. Les Mathématiques allaient à la mort avec d'autant plus de simplicité qu'ils ne devaient guère jouir de la vie.

Im' dit encore qu'elle avait parfaitement apprécié le sabotage de la tour dont Cox s'était rendu coupable. Mais, finalement, cela avait fait partie du plan et tout s'était bien terminé.

L'astronavigateur n'en croyait pas ses oreilles. Im' poursuivait son discours, avec la même neutralité. Elle était satisfaite, autant qu'une Mathématique pouvait éprouver de satisfaction, puisque les nuées vivantes, fossilisées, étaient neutralisées à jamais. Cox comprenait aussi qu'on ne chercherait pas à tirer vengeance de lui ni de Coqdor. La vengeance est une passion humaine, donc inutile. Tous deux pouvaient encore servir, aussi les entretiendrait-on. S'ils étaient réputés devenir inutiles à leur tour, on les supprimerait. C'était aussi simple que ça.

Im' parla encore de la prodigieuse source d'énergie que représentaient les xtaïx. En effet, il n'y avait encore guère pensé, mais les gemmes, convenablement catalysées par les apports biologiques, pourraient trouver bien d'autres utilisations que le domaine militaire. L'industrie, en particulier, en un monde disposant de quelques centaines de ces gemmes, prendrait des proportions gigantesques.

Cox devina que Coqdor estimait cela, lui aussi. Faudrait-il donc laisser une telle force aux mains de ces créatures d'insensibilité ?

Il sentait le vertige le saisir en évoquant cela. Le rêve monstrueux de la race sans âme se réaliserait. Ils domineraient, non seulement le monde du Lion, mais les constellations voisines, en se servant toujours de malheureux esclaves, avec des tours telles que celle qu'ils avaient su construire sur le satellite d'Epsilon. Et il n'y aurait plus de raison pour que leur domination ne s'étendît pas à l'ensemble du cosmos !

Mais Cox fut arraché à ses pensées. Car Im' reprenait :

— Je dois enfin vous apprendre que vos efforts ont été inutiles. Certes, la tour ici construite est inutilisable et le rayon que nous lancions est détruit...

— Ce rayon, haleta Coqdor, n'était-ce point une arme contre le Grand Cœur, le pulsar adoré d'Inab'dari ?

— Vous l'avez deviné, chevalier de la Terre !

— Alors, il est...

— Ne vous réjouissez pas ! Nous avons, d'ici et d'ici seulement, tenté de frapper le pulsar en nous servant des xtaïx et des éléments humains. Notre tentative est finalement avortée, puisque vous, Klaus Cox, avez saboté la tour. Il n'en est pas moins vrai que notre plan est infiniment plus vaste et que nous possédons de nombreuses bases dans le monde du Lion, voire dans quelques constellations avoisinantes. Nous voulons tuer le Grand Cœur et nous le tuerons !

Elle parlait toujours sur ce ton qui mettait Cox au supplice. Et il voyait que Coqdor, en dépit de son cran, de sa maîtrise de lui-même, était bouleversé de pareils propos.

Im' conclut :

— Dans quelques heures, tout sera terminé. Sans le rayon émanant des xtaïx. Nos autres armes, au départ de quarante bases différentes, vont frapper en même temps. Et le pulsar explosera dans l'espace !

Klaus éclata de colère :

— Mais pourquoi ?... Pourquoi ?

Pour la première fois depuis le début de l'entrevue, Im' l'insensible parut ressentir quelque chose comme un vague fantôme de surprise.

Elle tourna vers l'astronavigateur ses yeux qui eussent été beaux s'ils avaient reflété le plus petit sentiment humain.

— Pourquoi ? dit-elle. Mais le pulsar va mourir parce qu'il doit mourir !

LES FONTAINES DU CIEL

— Absurde !...

Klaus Cox avait récupéré. Il redevenait lui-même. Un être viril, bouillant, combatif au besoin.

Il allait et venait comme un fauve en cage dans la vaste salle de l'observatoire installé sur l'équateur du planétoïde par les Mathématiques, et où il avait été conduit en compagnie de Coqdor. Et aussi de Giovanna Ansen et des neuf autres humains libérés de la tour fantastique, laquelle n'avait plus de raison d'être.

— Absurde ! répétait-il. Vous me dites, chevalier, vous me soutenez sur tous les tons que les Mathématiques ne font jamais rien de gratuit... que tout, pour eux, présente un intérêt positif, si sordide soit-il. Or, expliquez-moi ce que peut leur rapporter le meurtre d'un pulsar...

Bruno Coqdor eut un geste évasif.

— Oui, je le sais, tout cela est absurde. Mais les Mathématiques, pris un à un, ne sont que les éléments d'un tout. L'outil sait-il quel est le but de l'artisan ?

Klaus frappa du pied avec rage.

— Alors ? Qui est l'artisan, en ce cas ?

— Je vous l'ai dit : le hasard. Cette race sans raison d'être cherche la conquête et naturellement la destruction. Un pulsar, c'est une étoile qui vibre sur un rythme infiniment différent des autres astres de feu... C'est, dans l'univers, cela a été avancé, une source de vie... Une fontaine céleste qui, parmi des millions et des millions d'autres pulsars, entretient dans un inconcevable ensemble de vibrations la fréquence totale du cosmos...

— Et c'est ce genre de fontaines qu'ils voudraient tarir ?...

Klaus Cox ricana.

— Ils ne sont pas près d'y parvenir... Même s'ils détruisaient le Grand Cœur de ceux d'Inab'dari...

— C'est mon avis, fit doucement l'homme aux yeux verts.

Il souriait à Giovanna.

La jeune femme, comme ses compagnons des alvéoles de la tour, était encore très abattue. La longue station en crucifixion les avait fortement accablés et ils avaient peine à retrouver leur équilibre. Les Mathématiques, n'en ayant plus besoin, les avait libérés et les traitaient correctement, quitte à les réutiliser plus tard selon les circonstances.

Pour l'instant, ils se retrouvaient tous dans cet observatoire, établi pour la surveillance du ciel sur le planétoïde que, décidément, les Mathématiques avaient depuis un bon moment colonisé.

Im' les avait menés là. Parce qu'elle poursuivait son but vis-à-vis de Coqdor. Elle souhaitait apprendre beaucoup de choses de sa part et le ménageait. Dans sa logique, elle voulait qu'il comprenne la puissance de la race sans âme, en faisant de lui le témoin de la destruction du Grand Cœur. Un système de visée astronomique très perfectionné, à partir de cet observatoire, devait permettre d'assister, à des millions de kilomètres-lumière, à la mort du pulsar.

Coqdor ne discutait pas avec Im'. Il connaissait la stérilité de toute tentative de raisonnement. Cette lancée collective d'une race vers un seul but ne pouvait offrir finalement que non-sens et contradictions de toute sorte. Les Mathématiques avaient décidé de s'en prendre à ces sources de vie supposées qu'étaient les étoiles palpitantes. Ils ne reviendraient pas sur pareille décision, si aberrante pût-elle paraître à un sens humain. D'autant qu'il est totalement idiot, comme le disait Klaus Cox, de croire qu'on va conquérir un monde dont on supprime, ou tente de supprimer, les bases vitales, si réellement les pulsars sont de véritables fontaines dans le ciel.

Giovanna, ayant eu la joie de retrouver ses

compagnons du *Fulgurant*, après la terrible épreuve de la catalysation qui l'avait grandement épuisée ainsi que les autres esclaves, s'était inquiétée de ses autres amis. Où étaient Aligro et Jonson ? Et ceux d'Inab'dari, Arimaïlá et Knet'ag ?

Elle avait ainsi appris qu'ils demeuraient sur le gigantesque vaisseau mère des Mathématiques, cette véritable planète artificielle qui constituait un des éléments capitaux de la formidable organisation destinée à établir la domination mathématique sur l'univers du Lion, en attendant mieux.

Im' l'avait dit : quarante bases stratégiques. Quarante flèches de mort braquées sur le Grand Cœur. Elle avait admis qu'il y avait, dans le nombre, quelques installations analogues à la tour que Klaus Cox avait détruite. Là, des esclaves humains, crucifiés comme l'avait été Giovanna, absorbaient, transmutaient et rejetaient le fluide énigmatique des xtaïx, fournissant alors aux Mathématiques le matériau subtil qui devait participer à ce meurtre cosmique.

Klaus avait posé la question : « Que ferait-on d'eux, dans l'avenir ? »

Selon Coqdor, Im' et les siens ne pouvaient imaginer qu'ils puissent les laisser repartir. Après l'assassinat du Grand Cœur, sans doute les emmènerait-on loin du planétoïde, certainement jusqu'au vaisseau mère, lequel rejoindrait par la suite le monde des Mathématiques, monde encore parfaitement inconnu.

Cependant, les Terriens pensaient au *Fulgurant*. On n'en avait plus de nouvelles et aucun lien radio n'avait été établi depuis longtemps avec Martinbras, par prudence. Maintenant, il était trop tard. Que feraient les astronautes ? S'ils attaquaient, il fallait tout craindre, l'astronef étant bien trop mal équipé pour combattre la race abominable.

Naturellement, sans encore l'avoir évoqué, les deux hommes, et aussi Giovanna, et leurs compagnons d'infortune, natifs de diverses planètes, songeaient à une évasion possible.

Mais de là à la réalisation d'une telle tentative...

Tout était prêt.

Une armature comme jamais sans doute il n'en avait été conçu et mise au point dans l'univers.

Soleil palpitant, source de vie, fluide énergétique aux radiations incalculables, le pulsar que ceux d'Inab'dari appelaient le Grand Cœur était la victime désignée.

Les Mathématiques avaient mis en œuvre un formidable arsenal. S'ils avaient au moins partiellement renoncé à l'utilisation des xtaïx, hors encore deux ou trois bases où quelques gemmes seulement étaient mises en action, ils avaient mobilisé absolument tous les moyens possibles pour percuter le Grand Cœur.

De puissants déchaînements atomiques dont les rampes de lancement étaient dispersées sur vingt petites planètes différentes devaient frapper en même temps jusqu'au centre du pulsar.

Des engins au développement hyper-thermique étaient en route depuis des temps. Des calculs rigoureux d'ordinateur avaient réglé leur point d'impact de telle sorte qu'ils atteindraient le but au moment voulu, en synthèse avec les autres armes.

Et surtout, la plus grande force lancée sur le pulsar consistait en trois petites planètes que les savants mathématiques avaient réussi à arracher à leurs orbites initiales autour de divers soleils du Lion et qui seraient précipitées à la fois dans la masse même du pulsar.

Du pulsar dont tous, aussi bien les Mathématiques que les Terriens, et les naturels du Lion et de toutes les planètes civilisées, continuaient à ignorer la véritable nature.

Si bien que la destruction d'une des armes, si efficace qu'elle ait pu être, ne changeait finalement pas grand-chose à l'effroyable complot.

Im' savait tout cela.

Im' n'en tirait aucun orgueil, aucune satisfaction, aucun plaisir personnel. Im' était mathématique, c'est-à-dire qu'elle procédait d'un tout, qu'elle appartenait à une société absolutive, qu'elle n'avait le droit à rien d'intime et que d'ailleurs tout cela lui était parfaitement égal.

Elle avait reçu une mission. Elle avait cru l'accomplir. Les Terriens s'étaient mis en travers. Et puis, en fin de compte, on allait tout de même tuer le pulsar, sans savoir ce qu'il était, parce qu'il fallait le détruire et que des êtres de l'acabit de Im', qui eût été jolie si elle n'avait pas été mathématique, n'avaient pas à se poser de questions.

Bruno Coqdor était silencieux à présent. Il se tenait en compagnie de Râx, et parlait peu à ses compagnons de captivité. Giovanna et Klaus n'avaient jamais encore compris comme maintenant combien ils pouvaient être près l'un de l'autre, mais ils se demandaient encore quel serait leur sort futur.

Vint le grand moment.

C'était, sur le satellite, la nuit. Une nuit magnifique, avec quelques petites lunes reflétant encore le bleu dominant de la journée.

Et des myriades d'étoiles.

Quelque part dans cette immensité, il y avait une étoile palpitante.

Déjà perturbée, depuis que les Mathématiques avaient commencé à régler contre elle leur infernale installation, ce qui avait donné l'éveil aux astronomes d'Inab'dari.

Ni Im' ni les Mathématiques de la base ne donnaient le moindre signe de fébrilité. En revanche, les captifs, conviés à assister devant des écrans télescopiques à la formidable explosion qui se préparait, étaient quelque peu nerveux.

Giovanna murmurait à l'oreille de Klaus :

— Ce pauvre chevalier... Quel échec pour lui ! Il a tant lutté contre la race des logiciens sans entrailles... Et ils ont la victoire !

— Du moins vont-ils l'avoir ! Triste victoire ! Ils détruisent un astre, si c'est un astre... Ils frappent ! Ils ne savent même pas pourquoi !... Sales mécaniques ! Répugnants robots !

Les dernières minutes furent agaçantes. Et

puis Im', qui était près d'eux, annonça qu'il fallait prêter attention aux écrans, lesquels devaient donner en direct la retransmission de la mort du pulsar.

Tous étaient haletants, fixant un certain point du ciel reflété par les appareils et où devait encore vibrer le Grand Cœur.

Et puis...

Il y eut l'embrasement !

Une nova naquit, démontrant que les Mathématiques avaient réussi leur invraisemblable crime.

Et tout aurait pu s'arrêter là.

Mathématiquement.

Mais ce ne fut pas le cas.

Parce que le pulsar, en explosant, devint dix fois, cent fois ce qu'il était.

Qu'il y eut désormais dans l'univers un astre géant de plus, une source vitale plus magnifique que jamais. Une fontaine fantastique, irradiant bénéfiquement et déversant une fluidité exaltante qui atteignit les humanités voisines (tout est relatif) et en particulier Inab'dari, brusquement arrachée à la menace de la race inhumaine.

Cela ne se sut qu'un peu plus tard. Et aussi que la plupart des bases mathématiques avaient été pulvérisées dans le cataclysme, par un curieux effet de choc en retour.

En particulier le vaisseau mère, l'astre artificiel chargé de coordonner l'ensemble des entreprises de ces tueurs d'étoiles.

Giovanna pleura beaucoup. Aligro... Jonson...

N'avaient-ils pas, l'un et l'autre, aimé la jeune femme ? Et ils étaient restés sur le vaisseau géant, en compagnie des deux héros d'Inab'dari : Arimaïla et Knet'ag. Ces derniers avaient péri, malheureusement sans savoir que leur planète patrie était sauvée !

Et quand tout fut revenu dans l'ordre, Im' et ses pareils quittèrent le planétoïde sans espoir de retour. Certes, ils avaient emporté les cylindres de xtaïx mais Coqdor, Giovanna, Klaus Cox, connaissaient l'emplacement du gisement.

Im' les avait laissé entrer en contact avec le *Fulgurant* qui croisait toujours au large du planétoïde. Si bien que Martinbras put enfin récupérer les survivants de cette grande et folle aventure.

Ce fut un peu plus tard que Giovanna fit cette réflexion à Coqdor :

— Tout de même... à l'origine... il y a eu cette fille mystérieuse qui vous a remis un xtaïx... sur Léo IX... je me suis toujours demandé qui elle était, et pourquoi elle avait agi ainsi...

— Je me suis interrogé également, avait répondu l'homme aux yeux verts. Mais je ne puis formuler qu'une hypothèse... Imaginez que ce soit une fille d'Inab'dari... son type morphologique me l'a fait supposer... qu'elle ait été une de ces espionnes subjuguées par les Mathématiques, un de ces agents qu'ils savaient recruter et entretenir dans divers mondes, pour servir leurs desseins... C'est elle qui avait réussi à dérober pour leur compte la seule gemme dont disposaient Inab'dari et ses savants...

— Mais pourquoi ce geste ? Ce revirement ?

— Hé ! dit Bruno Coqdor, un scrupule de conscience... un retour sur elle-même. C'était une femme, pas une Mathématique. Et eux, dans leur formidable logique, dans leurs calculs de titans, n'avaient pas prévu qu'il pourrait se glisser une erreur, une toute petite erreur...

FIN

DÉJÀ PARUS DANS LA MÊME COLLECTION

VIENT DE PARAITRE :

K.-H. Scher

LES FORÇATS DE L'ANTARCTIQUE

A PARAITRE :

K.-H. Scheer

LES CERVEAUX MORTS

ACHEVÉ   D'IMPRIMER
SUR   LES   PRESSES
DE   L'IMPRIMERIE   FOUCAULT
126, AVENUE DE FONTAINEBLEAU
94270   -   LE KREMLIM-BICÊTRE

DÉPOT LÉGAL : 2e TRIMESTRE 1978

IMPRIMÉ   EN   FRANCE

PUBLICATION MENSUELLE